身為職業小說家

村上春樹

第一回

小說家是寬容的人種嗎？

如果一開始就說，來談談小說的話，範圍可能太廣，因此暫且先來談小說家。我想那樣看起來比較具體，眼睛看得見，可能也比較容易談下去。

極坦白地說，我個人認爲小說家——當然不是全部——大多稱不上是擁有圓融人格和公正視野的人。依我所見，可還不能大聲嚷嚷，擁有特殊性向、奇怪生活習慣或行爲模式的人還不少，很難成爲他人讚賞的榜樣。連同我在內大多數的作家（我估計大約有百分之九十二吧），無論有沒有實際說出口，都認爲「自己所做的事，所寫的東西最正確。除了特殊例外，其他作家多少都錯了」。平常都抱著那樣的想法過日子。會想和這種人當朋友或鄰居的人，保守估計，應該爲數不多吧。

關於作家同行之間擁有深厚的友情，雖然偶有耳聞，只不過我一聽到這種話的時候，大多心存懷疑。或許有這種事，但眞正的親密關係可能無法持久。所謂作家基本上是自我本位的人種，很多人自尊心強、競爭意識也強。同樣是作家相鄰而坐時，與其說氣氛融洽，不如說未必如此的情況要多得多。以我自己來說，就有幾次這種經驗。

舉一個有名的例子，一九二二年在巴黎的某場晚餐宴會中，馬塞爾・普魯斯特（Marcel Proust）和詹姆士・喬伊斯（James Joyce）曾經同席。雖然近在身邊，但兩人直到最後幾乎都沒交談過一句。周圍的人心想代表二十世紀的兩大作家到底會談些什麼，都豎起耳朵屏息傾聽，終究落空。或許因爲彼此自負心都太強吧。這也是常有的事。

雖然如此，然而單就職業領域上的排他性來說——簡單說就是關於「地盤」意識——我倒覺得可能沒有比小說家心更寬、雅量更大的人種了。而且我常常想，這可能可以說是小說家所共同擁有的少數優點之一。

我再稍微具體說明或許更容易懂。

假設有一位小說家歌唱得很好，也以歌手出道了。或者喜愛畫畫，以畫家身分開始發表畫作。往後該名作家可能會面臨到不少反感、揶揄或嘲笑。世間一定有人會說類似「別太得意了，搞不清楚場子」或「外行人的手藝，明明沒有那技術和才華」的話，專業歌手和畫家可能也會冷眼相待。說不定會惡言相向。至少所到之處應該很難受到「啊，來得好」之類的溫暖歡迎。就算有也只會在極有限的場合，極有限的形式下發生。

我除了寫自己的小說之外，過去三十年來也積極翻譯英美文學，剛開始（或許現在也還一樣）受到相當大的壓力。到處被人家說「翻譯不是外行人可以插手的簡單事情」或「作家的翻譯只不過是擾亂別人的玩票而已。」。

在寫完《地下鐵事件》時，也普遍受到非小說類專業作家們的嚴厲批判。「不懂得非小說類的規矩」、「想賺人眼淚的便宜東西」或「有錢人的輕鬆把戲」等等，受到各種批評。其實我並沒有打算寫「非小說類」作品，只是把自己想像中名副其實的「非小說」或「不是小說的作品」寫出來而已，結果似乎踩到了所謂「非小說」之「聖域」守門虎們的尾巴。我不知道有這種東西存在，而且也從來沒想過非小說類還有什麼「固有規矩」，以至於剛開始時相當驚慌失措。

總之，無論你做任何事情，只要伸手到專業以外的事情時，首先該領域的專業人士就不會給你好臉色看。就像白血球要排除體內的異物那樣，會立刻排斥你。如果你還不灰心地堅持要做的話，「啊沒辦法」，不久也會漸漸而被默認，容許你同席入座，但最初那強風實在相當難受。「那個領域」如果越狹窄，越專業，而且越權威的話，人們的自尊心和排他性也越強，所受到的抵抗似乎也越大。

然而相反的情況，例如歌手或畫家寫小說，或翻譯者和非小說類作家去寫小說時，小說家對這種事情會有厭惡的臉色嗎？我想大概不會。實際上也看到不少歌手或畫家寫小說，翻譯者和非小說類作家寫小說，作品受到很高評價的情況。但我沒聽說小說家會因此生氣地說「外行人別隨便亂來」。至少在我的見聞之中，似乎不太有口出惡言，揶揄嘲諷，或惡意扯人後腿的事情發生。反而可能見見面談談小說，或有時還想勉勵人家吧。

當然或許有在背後說說作品壞話這種程度的事情，小說家同行之間經常會這樣做，可以說是這一行上班的人常做的事，和其他行業的人的加入沒有特別關係。雖然可以看到小說家這種人擁有許多缺陷，但對於有人進入自己的領域，一般說來似乎都滿慷慨，也很寬容大量。

爲什麼？

我想答案相當清楚。因爲小說什麼的——「小說什麼的」這種說法雖然有點粗魯——如果想寫的話，幾乎誰都會寫。例如鋼琴家或芭蕾舞者要出道的話，必須從小就開始經歷長年的苦練。要當畫家，也必須要有某種程度的專門知識和基礎技術。一般總需要買齊整套畫具。要成爲登山家則需要有過人的體力、技術和勇氣。

然而寫小說，只要會寫文章（大多數日本人都會寫吧），只要手上有原子筆和筆記本，而且多少有能力說故事的話，即使沒受過什麼訓練，多少也寫得出來。或者說，大概也可以寫出小說的形式來。不需要讀大學的文學系。寫小說的專門知識，其實是有等於沒有。

只要稍微有才華的人，並不是不可能一開始就寫出優秀作品。拿自己的情況當實例或許不太妥當，但以我來說，就完全沒受過寫小說的任何訓練。雖然我進了大學文學院的電影戲劇系，但也因爲時代的關係，幾乎沒上什麼課，留著長頭髮、留著鬍子、穿得髒兮兮的，到處閒逛而已。並沒有特別想當作家，也沒有寫過很多習作，有一天忽然心血來潮寫出《聽風的歌》這第一本小說（般的東西），得到文藝雜誌的新人獎。然後就在莫名其妙之下成爲職業作家。連自己都不禁懷疑「這樣簡單真的行得通嗎？」實在太簡單了。

這樣寫可能有人會覺得：「你懂什麼文學」，並感到不悅，但我只不過在說事情的基本方法而已。所謂小說，無論誰怎麼說，毫無疑問，都呈現一種大門非常寬的形態。而且依想法的不同，那門戶之寬，正是小說這東西擁有的樸素而偉大的能源的重要部分。因此所謂「誰都會寫」，在我看來，並非毀謗小說，反倒是褒揚的用語。

換句話說，小說這個領域，就像任何人突然想參加就可以簡單加入的職業摔角擂台。繩圈的間隙很寬，還備有方便的腳踏階。擂台也相當寬。既沒有會阻止你加入的警衛看守，裁判也不太會囉嗦。場上的摔角選手——此處指的當然就是小說家——從一開始就對這種情況某種程度放棄了，「沒關係，任何人都儘管上來吧」。可以說通風很好，很輕鬆，可以通融，換句話說是相當大而化之。

然而要上到擂台很容易，要長久繼續留在上面卻不簡單。小說家當然非常知道這一點。小說要寫一本兩本，並不太難。但要長久繼續寫下去，靠寫小說生活下去，當一個小說家存活下來，卻是極困難的事情。一般人是辦不到的。應該可以這麼說。那麼，這又該怎麼說呢？因爲寫小說需要「某種特別的東西」。當然需要適度的才能，也需要起碼的氣概。此外，和人生其他事情一樣，運氣和際遇也很重要。但更重要的是需要具備某種類似「資格」的東西。

有些人具備，有些人就是沒有。有些人天生就具備，也有些人是後天辛辛苦苦學來的。

「資格」還有很多未知的層面，似乎也很少被直截了當提起。因爲那大多是無法視覺化和言語化的東西。但無論如何，小說家都深深體驗到，要繼續當一個小說家是多麼嚴酷的事。

因此小說家對於不同領域的人走過來，鑽進繩圈，以小說家出道，基本上應該是寬容大量，慷慨歡迎的。「來呀，想來就來吧」很多作家會採取這樣的態度。或者即使有誰來了，也沒太在意。如果新來的不久就被打下擂台，或者自己離場（大多的情況都是這二者之一），也只好「對不起」或「請保重」。如果他或她很努力地留在擂台上，當然值得尊敬。大多會公正地、正當地受到尊敬（或者該說，但願如此）。

小說家的寬容，可能多少和文學業界不是零和（zero-sum）社會有關。換句話說，絕對不會因爲有一個新作家出道，就有一個舊作家被取代而失業。至少不會這麼露骨地發生。相較於職業體壇，有決定性的不同。一個新人選手進入團隊時，就會有一個老前輩、或不起眼的新手成爲自由契約，脫離團隊而去。這種事情在文學世界是絕對看不到的。也不會因爲某一本小說多賣出十萬本，其他小說的銷量就減少十萬本。反而可能因爲新作家的書暢銷，順勢帶動小說全體活躍起來，使得整個業界都受惠。

不過，雖然如此，以長久的時間軸來看，某種自然淘汰似乎還是適度進行著。門再怎麼寬，擂台上還是有所謂適當人數這種東西吧。放眼看看四周，就會得到這種印象。

不知不覺之間，我竟然也已經持續寫了三十五年以上的小說，以一個專業作家維持生計。換句話說，居然也在「文藝世界」的擂台上停留長達三十幾年，老一輩的說法是「靠一支筆吃飯」的。狹義上或許可以算是一種成就吧。

這三十幾年之間，目睹許多人以新人作家身分出道。爲數不少的人，作品在那個時間點或許得到相當高的評價。獲得評論家的讚賞，贏得各種文學獎，成爲人們談論的話題，書也暢銷了。未來也被寄予厚望。換句話說嶄露頭角引人注目，伴隨著壯麗的入場曲，登上擂台。

然而二十年前、三十年前出道的人之中，到底現在還有幾個人仍以現役小說家的身份正式活動著，老實說數目並不太多。不如說，實際上相當少。許多「新進作家」們在不知不覺間便安靜地消失得無影無蹤。這種情況看起來似乎反而比較多——已經對寫小說感到膩了，或覺得繼續寫小說太麻煩，而轉移到其他領域去了。而且他們所寫的作品很多——當時也成爲話題，廣受注目——然而現在可能在一般書店已經很難買到了。畢竟小說家雖然沒有一定名額的限制，書店空間卻有限。

我的想法是，寫小說這個工作，似乎不太適合頭腦好的人。當然寫小說是需要某種程度的知性、教養和知識。我想我這個人恐怕，或者說大概，也具備了最低限度的知性和知識。雖然說如果被正面詢問，眞的沒錯是這樣嗎？我也算不上有自信。

不過我常常想，頭腦轉得太快的人，或擁有過人的豐富知識的人，可能不太適合寫小說。因爲寫小說——或說故事——這種行爲是以相當低速、並低調在進行的作業。以實際感覺來說，速度或許比步行多少快一點，卻比騎單車慢。有人意識運轉的基本動態適合那樣的速度，也有人不適合。

小說家多半會把自己意識中的東西，轉換成「故事」的形式加以表現。透過意識原本有的形式，和從意識運轉中產生的新形式，利用兩者之間的「落差」，以那落差的動能作爲槓桿來述說什麼。這是相當迂迴而費事的作業。

對於腦子裡的訊息在某種程度上輪廓鮮明的人，沒有必要把那些經歷一一轉換成故事。倒不如把輪廓本身直接化爲語言要快得多，一般人應該也比較容易理解。轉換成小說的形式，訊息或概念可能需要花上半年時間處理，如果以那原來的形式直接表現的話，或許只要三天就可以化爲語言。或者面對麥克風想到什麼直接說出，不到十分鐘就說完了。這種事情頭腦轉得快的人當然能夠辦到。聽的人也可能拍腿贊同。總之，那是頭腦好的表現。

此外，知識豐富的人沒有必要特地搬出故事，這種模糊的、莫名其妙的「容器」。也沒有必要從零出發去設定虛擬的故事。只要把手頭的知識運用理論巧妙地組合化為語言，人們就能順利明白，而且敬佩了。

不少文藝評論家無法理解某種小說或故事——或許就算能理解，卻不能將它有效地言語化、理論化——原因可能就在這裡。一般說來，他們的頭腦遠比小說家好，腦筋轉得快得多。身體往往無法適應故事這種慢速的載體。因此往往把原來小說文本的故事步調先翻譯成自己的步調，再根據那翻譯過的文本展開評論。這種作業有時適當，有時不太適當。尤其當文本的步調不光是緩慢而已，除了緩慢之外，還是多層的複合的情況時，翻譯作業就更加困難，結果翻譯過後的文本難免就被扭曲了。

暫且不提這個，我也目擊過幾次頭腦轉得快的人，聰明的人——多半是其他行業的人——寫出一兩本小說，然後就轉行。他們的作品多半「寫得很好」，是有才氣的小說。其中幾部作品還擁有令人驚奇的新鮮感受。不過身為小說家的他們，除了極少數例外之外，幾乎沒有以小說家的身分長久留在擂台上的。甚至還留下類似「來見習一下然後就出去」的印象。

我推測寫小說的人，多少需要有一點文才，很可能一生中可以輕鬆地寫出一兩本。至於聰明人可能在寫小說期間，發現找不到自己期待的好處。寫過一兩本小說，明白「噢，原來如此，是這麼回事啊」就轉到別的方面去了。心想與其這樣，還不如去做別的事情比較有效率。

我也可以理解那種心情。總之，寫小說眞的是效率奇差的作業。那是不斷反覆「例如」的作業。假設有個探討人性的主題。當小說家把主題轉換成別種文脈。假定「那個啊，例如像這樣」。然而轉換期間如果有不明確的地方，有模糊的部分，於是又開始說「那個啊，例如像這樣」。那「那個啊，例如像這樣」會一直沒完沒了地繼續下去，是延伸意譯的無限連鎖。就像是，打開再打開，從裡面還是會繼續出現更小娃娃的俄羅斯娃娃一樣。我甚至覺得應該很難找到比寫小說效率更差、更需要拐彎抹角的行業了。因爲其他行業只要把最初的主題，輕輕的、明確而知性地化爲語言，就就完全不需要有像「例如」般的轉換作業。若採用極端一點的說法，或許可以定義爲「所謂小說家是把不必要的事情刻意變成必要的人種」。

不過要是讓我來說小說家的話，那些不必要的地方，拐彎抹角的地方，才正是眞實和眞理潛藏之處。聽起來像在強辯，但小說家大多是在如此這般的信念之下，做著自己的工作。當然有人的意見是「世間沒有小說也沒關係」，但同時當然也有人的意見是「世間無論如何都需要小說」。那要看念頭中對時間採取何種跨距，或看世界採取何種視野、框框而定。更正確的說法是，我們所居住的這個世界，是由效率好而機敏的東西和效率差而迂迴的東西，互爲表裡，多層存在所成立的。缺少了任何一方（或一方成爲絕對的劣勢），世界可能就會變得歪斜扭曲了。

雖然只是我個人的意見，不過寫小說這件事，基本上是相當「遲鈍」的作業，幾乎看不到什麼俐落的要素。一個人關在房間裡「這樣也不是，那樣也不是」地一直推敲著文章。在書桌前搔首苦思，耗費一整天，就算某一行文字的精準度稍微提高一點，誰也不會因此而鼓掌，也沒有人會拍拍你的肩膀說「寫得好」。只有自己一個人認可，「嗯嗯」默默地點頭而已。印成書時，會注意到那一行文字精準度的人，世間可能連一個都沒有。寫小說眞的就是這樣的作業。非常費事，是沒完沒了，辛苦煩悶的工作。

世間也有人花一年時間，用長鑷子，在瓶中製作精細的帆船模型，寫小說的作業或許就像那樣。雖然我的手指不巧，實在無法做那麼麻煩的事，不過我想兩者本質或許有共通之處。寫長篇小說時，日復一日地繼續那細微的密室作業，幾乎是無止境地繼續。這種作業如果不是本來個性就適合的人，或不太覺得苦的人，實在無法長久繼續做下去。

小時候，我讀過一本關於兩個男人攀登富士山的故事。兩人都不曾看過富士山。頭腦聰明的男人只從富士山麓的幾個角度看過，便知道「啊，富士山原來是這個樣子。原來如此，這個地方實在眞美麗」。於是就回去了。非常有效率。眞快。然而頭腦不太好的男人，卻無法那樣簡單地理解富士山，就一個人留下來，實際以自己的雙腳試著一步步攀登到山頂。這樣做既花時間，也費工夫。相當消耗體力，走得筋疲力盡。最後終於心想「哦，原來這就是富士山。」與其說是理解，不如說總算信服了。

小說家這種族類說起來算是（至少大半是）屬於後者，換句話說，雖然這麼說有點不妥，是屬於頭腦不太好的那種男人。如果不實際以自己的腳登上山頂，就無法理解富士山是什麼樣的東西、什麼樣的類型。或者說，不但如此，可能攀登幾次還不太明白，或越攀登越弄不清楚。也許這是小說家的天性。這麼一來這已經是凌駕於「效率」之上的問題了。無論如何，都是頭腦好的人辦不到的事。

所以對小說家來說，如果有一天來自其他行業有才氣的人，心血來潮地寫起小說，獲得評論家和世間衆人的注目，並成爲暢銷書時，不會太驚訝。也不會覺得受到威脅，更不會火大生氣（我想）。因爲小說家知道，這種人要長期繼續寫小說是很罕見的情況。天才有天才的步調，知識人有知識人的步調，學者有學者的步調。而這些人的步調，以長遠來看，大多的情況，似乎不適合執筆寫小說。

當然專業小說家之中也有被稱爲天才的人。也有頭腦好的人。並不只是世間所謂的頭腦好，而是寫小說方面頭腦也好。依我看來，想要憑著頭腦好支撐下去的歲月——或許用「小說家的賞味期限」來稱呼更貼切——頂多十年左右吧。超過這個期限之後，就必須有更大的、永續的資質，來代替頭腦的靈活了。換句話說，過了某個時間點後「剃刀的鋒利」就必須轉換成「柴刀的鋒利」。而且接下來「柴刀的鋒利」又必須轉換成「斧頭的鋒利」。能夠順利超越這幾種轉換點的人，身爲作家才能長大一個階段，才能超越時代存活下來。

無法超越的人或多或少，在途中便消失無蹤了——或存在感變淡了。或許頭腦好的人就在適合安身的地方，順利地安定下來。

而對小說家來說所謂的「在適合安身的地方順利安定下來」，坦白說，和「創造力的減退」幾乎是同義的。小說家就像某種魚那樣。在水中如果不經常往前游的話，就會死掉。

因此，我對於能長年累月不感到厭倦（而且）還繼續寫小說的作家們——換句話說，或許應該說，對我的同行們——一律懷著敬意。當然，對他們所寫的每一部作品我多少會有個人性的好惡，但那另當別論，因爲我認爲能歷經二十年、三十年身爲職業小說家繼續活躍，或者生存下去，並獲得一定數量讀者的人們，應該都具備某種優越的、像強大的核般的東西。不寫小說不行的內在的動能。能夠支撐長久孤獨作業的強韌耐力。或許可以說是身爲小說家這種職業人必要的資質和資格吧。

要寫一本小說並不太難。要寫出一本優秀的小說，對某些人來說，也不太難。雖然不至於說簡單，但也不是不可能的事。不過要一直持續寫小說這件事卻相當困難。不是誰都能辦到的。就像剛才說過的那樣，必須要有特別資格。那恐怕是和「才能」不同的別種東西。

那麼，有沒有那種資格，要怎麼分辨呢？答案只有一個，就是試著實際丟進水裡，看看會浮起來還是沉下去。雖然是粗暴的說法，但人生似乎就是這樣。而且大體上就算不寫小說（或許不寫小說反倒更好），人生可以活得更聰明而有效率。儘管如此還是想寫，非寫不可的人，才會去寫小說。而且還繼續在寫。對於這種人，我身爲一個作家，當然敞開心胸歡迎。

歡迎到擂台上來。

第二回

剛成為小說家的時候

我三十歲獲得《群像》文藝雜誌的新人獎，以作家出道。那時候雖然不能說充分，但也已經累積了相當的人生經驗。那是和一般人，或者說大部分的人，情況有點不同的人生經驗。平常一般人都從學校畢業，然後就業，稍微隔一段時間，告一段落之後才結婚。我本來也打算這樣。或者說，也以爲大概會那樣。那是世間一般的、當然的順序，而且我（無論是好是壞）並沒有要違反大衆認知、大唱反調的意思。實際上，我卻是先結婚，又被現實所逼開始工作，然後才終於從學校畢業。換句話說，和多數人的順序完全相反。可以說順其自然，不知不覺就變成那樣了，人生階段的順序不太能照預定進行。

總之我最初就先結了婚（爲什麼結婚呢？說來話長就此省略），因爲不喜歡到公司上班（爲什麼不喜歡上班？這也說來話長暫且省略），我決定自己開店。放爵士樂唱片，供應咖啡、酒和餐點的店。當時一頭栽進爵士樂裡（現在也常聽），總之只要從早到晚都能聽音樂就行了，非常單純，某種意義上也可以說想得很輕鬆。因爲是學生結婚的身分，當然沒有資金。所以和太太兩個人，一連三年兼打好幾份工，總之拚命存錢，並且到處借錢，如此籌得經費，在國分寺車站南口開了店。那是一九七四年的事。

所幸，當時的年輕人要開一家店，不像現在需要大筆的資金。所以和我一樣有「不想當上班族」、「不想看上司臉色」想法的人，就到處開起小店來。喫茶店、餐廳、雜貨店、書店。我們店的周圍，也有幾家和我相同年紀的人所新開的店。因學生運動挫敗、血氣方剛的年輕人，常在那一帶走動。整體來說，我想世間還留下相當多類似「空隙」般的地方，只要努力找到適合自己的空隙的話，就有辦法活下去。雖然顯得有點粗暴，但也未嘗不是個有趣的時代。

我把以前用過的直立式鋼琴搬來，週末舉行現場演奏。因爲武藏野附近住著許多爵士音樂家，所以就算酬勞微薄，大家（或許）也都愉快地爲我們演奏。向井滋春、高瀨亞紀、杉本喜代志、大友義雄、植松孝夫、古澤良治郎、渡邊文男等，眞是快樂的一群。他們和我一樣都很年輕，幹勁十足。不過很遺憾，彼此幾乎都沒賺到錢。

雖然說是在做喜歡的事，但因爲借了不少錢，因此還債很辛苦。向銀行貸款，也向朋友借錢。不過向朋友借的部分，幾年內確實都連本帶利還清了。每天從早到晚忙著，連吃飯都沒有好好吃地還清了。這是理所當然應該做的事。當時的我們——所謂我們是指我和內人——都相當節儉樸實，過著斯巴達式的生活。家裡沒有電視沒有收音機，連鬧鐘都沒有。幾乎也沒有暖氣設備，寒冷的夜晚只能緊緊抱著幾隻貓睡覺。貓也拚命抓緊我們。

每月要還銀行的錢，某次因爲無論如何都籌不夠時，夫婦倆曾垂頭喪氣地走在深夜的路上，撿到掉在地上皺巴巴的鈔票。可以說來得正是時候，或冥冥中有什麼引導吧，神奇的是，那筆錢竟然正是我需要的金額。第二天如果不存進銀行就會跳票，因此就像撿回一條命似的（我的人生不知怎麼常會碰到不可思議的事）。本來應該送警察局的，但那時候實在顧不了體面。對不起……雖然現在道歉也無濟於事。不過，我想我會以別種形式，還給社會。

雖然沒打算吐苦水，總之整個二十幾歲的年代，我的生活過得相當嚴酷。當然我想到世界上還有很多遭遇比我們更辛苦的人，在那些人眼中，我們的境遇可能有人會說「哼，那哪算嚴酷」，我想他們說的也沒錯。不過那個歸那個，以我來說已經夠辛苦了。事情就是這樣。

不過也很快樂。這倒是真的。當時還年輕，又非常健康，最重要的是還可以整天聽喜歡的音樂，店面雖然小，卻也算是一國一城之主。既不必擠爆滿電車上下班，不必出席無聊的會議，也不必向討厭的上司低頭。而且還可以遇到各種有趣的人，奇特的人。

還有一件事情很重要，我在那段期間學到很多社會經驗。提到「社會經驗」，說得太白了或許有點愚蠢，不過就是長大成人的意思。幾次撞得頭破血流，好不容易總算度過難關。被罵得很難聽，遇到很過分的事，也做過很後悔的事。當時一提到「酒水生意」，在社會上就相當受歧視了。不得不嚴酷地勞動身體，很多事情只能默默承受。必須把惡劣的醉漢趕出店門。暴風來襲時必須縮緊脖子靜靜等待。總之除了維持店的生意，清償貸款之外，幾乎什麼都不能想。

不過，沒日沒夜拚命走過那樣辛苦的歲月之後，沒有受到什麼大傷，平安無事地活著，終於來到稍微開闊平坦的階段。喘一口氣環視四周一圈時，眼前展開的是從未見過的全新風景。在那風景中站著全新的自己——簡單地說到底就是這麼回事。一留神時，我已經比以前堅強幾分，比以前長了一些智慧了（雖然只有一些些）。

我並沒打算說「人生要盡量吃苦」。老實說，我想如果能不吃苦就不吃苦應該更好。當然，吃苦一點也不快樂，對有些人來說，甚至可能因此而深受挫折，無法重新站起來。不過，如果您現在正處於某種苦境中，因而覺得相當難過的話，我會想說「現在可能很辛苦，不過以後可能會有好的結果。」不知道這算不算安慰，不過請抱著這樣的想法努力向前走吧。

現在回想起來，還沒有工作之前的我，只是個「普通的男孩子」。在阪神間安靜的郊外住宅區長大，沒有什麼特別麻煩的問題，也沒引起什麼問題，不太用功，學業成績馬馬虎虎而已。只是向來喜歡讀書，經常拿起書來就熱衷地讀。從初中到高中，我想周圍可能沒有人像我讀這麼大量的書吧。還有也喜歡音樂，就像泡在音樂裡似的聽各種音樂。當然也就不太有時間放在學校的功課上了。因爲是獨生子，基本上是被重視（也就是被寵愛著）長大的，幾乎沒有受到什麼磨難。簡單說，就是無可救藥地不知人間疾苦。

我進了早稻田大學，一九六〇年代末期上東京，正好遇到學生運動的狂潮，大學長期遭封鎖而停課。剛開始是因爲學生罷課，後來是因爲大學方面停課。學運期間幾乎沒有上課，因此（不如說）我的學生生活實在過得亂七八糟。

我本來就不擅長加入團體，和大家一起做什麼，因此沒有參加派系，不過基本上是支持學生運動的，在個人所能辦到的範圍之內也盡量採取行動。不過在反體制的派系之間，對立加深，在所謂的「內鬥」中居然任意鬧出人命（在我們經常使用的文學院教室裡，一個不問政治的學生竟然被殺害）。之後，我和許多學生一樣，開始對運動的方式感到幻滅。其中一定有什麼地方錯了、有不對的地方。我發現他們已經失去健全的想像力了。而且，當激烈的狂風掃過之後，留在我們心中的只有餘味惡劣的失望而已。無論當時有多麼正確的標語，有多麼美麗的訊息，如果沒有能夠徹底支持正確和美麗的精神力量、道德力量的話，一切不過是空虛語言的羅列而已。這是我當時親身體驗所學到的教訓，而且直到現在依然繼續如此確信。語言擁有確實的力量，但那力量必須是正確的才行。至少必須是公正的才行。語言無法獨自行走。

因此我再度走向更個人的領域，決定在那裡安身立命。也就是書本、音樂和電影這些領域。當時有很長一段時間，我在新宿歌舞伎町通宵營業的店裡打工。在那裡遇到過各色各樣的人。現在不知道怎麼樣了，但當時深夜的歌舞伎町一帶是很有意思的地方，大量身分和來歷不明的人進進出出。有趣的事、快樂的事、相當危險的事，也有辛苦的事、過分的事，層出不窮。無論如何對我來說，與其在大學的教室，或同性質的人聚集的小團體般的地方，不如來到這種龍蛇混雜、生動刺激，有時可疑奇怪，甚至粗暴的地方，或許更能學到人生的各種現象，並且可以增長見識。英語中有 streetwise 的說法。意思大概像是「擁有可以在都會中生存下去的實用智慧」，結果我的天性與其說適合學術性的東西，不如說更適合這種實際貼近現場的東西。老實說，我對大學的功課幾乎沒有興趣。

我結了婚，也開始工作，事到如今再領大學畢業證書也沒什麼用。不過當時的早稻田大學採取的制度，是只要繳選修學分的學費就可以，剩下的學分也不太多了，因此可以一邊工作一邊找時間去上課，我花了七年總算畢業。最後那年，我選了安堂信也老師教授法國劇作家拉辛的課，但出席日數不足，很可能會被當掉，因此我到老師的辦公室去，說明「老實說是因爲這樣的關係，我已經結婚了，每天都在工作，不太有時間到學校……」老師還特地到我在國分寺開的店，說道「你也滿辛苦啊。」就回去了。幸虧因此學分也拿到了。眞是一位親切的老師。當時的大學裡，好像還滿多像這種大氣度的老師（現在不知道怎麼樣）。不過上課的內容幾乎都不記得了（對不起）。

我的店在國分寺南口一棟大樓的地下室，營業了三年左右。客人還不少，貸款也還算順利按時還著，但大樓的主人忽然說出「因爲我打算擴建所以請搬出去」。只能無可奈何地離開國分寺（事情並沒有那麼簡單，有很多繁雜的事，不過說來話長……不提也罷）。於是搬到東京都內的千駄谷去。店面比以前寬敞、明亮，爲了方便現場演奏也換了平台型鋼琴，雖然比之前好，但也因此又貸了新的貸款。不太能輕鬆地安定下來（這樣回頭看看一路走來的樣子，所謂「不太能輕鬆地安定下來」似乎是我人生的主旋律）。

因此二十幾歲時代的我，從早到晚都在從事體力勞動，爲還貸款而忙碌。一回想起當時的情況，只記得自己非常賣力地工作。不難想像一般人的二十幾歲一定更輕鬆愉快，但我無論時間上和經濟上幾乎都沒有「享受青春時光」的餘裕。只不過在那段期間，只要稍微一有空閒我就會拿起書來讀。不管多忙，生活多困苦，讀書和聽音樂，對我來說始終都是不變的巨大喜悅。唯有那喜悅是任何人都無法奪走的。

所幸在接近二十歲代的尾聲時，千駄谷店的生意總算上軌道了。雖說貸款還沒還清，營收也因不同時期而時好時壞，當然還無法輕易放心，不過只要這樣繼續努力做下去，應該過得去吧，有這種感覺。

我自認沒有經營才能，本來個性就缺乏親和力，不擅長社交，顯然不適合開店做生意，不過我有「喜歡的事，會毫無怨言地拼命做」的這點長處。所以我想店的經營也還算順利。畢竟自己喜歡音樂，因此只要做著和音樂有關的工作，基本上就很快樂。不過一留神時，自己已經年近三十了。對我來說，能稱爲青年時代的時期已經快結束了。因此我記得當時心情多少覺得有點不可思議，「哦，人生就這樣滑溜溜地過去嗎？」

一九七八年四月一個晴朗的午後，我到神宮球場去看棒球賽。那年中央聯盟的開幕戰，養樂多燕子隊對戰廣島東洋鯉魚隊。白天的比賽，從下午一點開始。當時打從開始我就是養樂多隊的球迷，又住在神宮球場附近（在千駄谷的鳩森八幡神社旁），因此常常散步時順便走過去看球賽。

那時候的養樂多隊一直是一個弱小的球隊，萬年B級，球團窮，也沒有亮眼的明星選手。當然也沒什麼人氣。雖說是開幕戰，外野席卻空空的。我一個人在外野席躺下來，邊喝著啤酒邊看比賽。當時的神宮球場外野沒有座椅，只有草坪的斜坡而已。我記得感覺非常舒服。天空萬里無雲，生啤酒冰得透透的，好久沒見的綠草坪上，清晰地映出白色的棒球。我深深感覺到，棒球比賽還是應該到球場去看。

養樂多隊的首位打者，是從美國來的戴夫・希爾頓（John David "Dave" Hilton），一個瘦瘦的無名選手。他站上打擊順序第一棒。第四棒是查理・曼紐爾（Charles Fuqua Manuel）。後來以費城人隊的總教練而聞名。當時的他眞的非常強，是一位強悍的打者，被日本棒球迷起了「赤鬼」的綽號。

廣島隊的先發投手記得應該是高橋（里）。養樂多隊的先發是安田。一局後半，高橋（里）投出第一球時，希爾頓漂亮地將球擊向左外野，是一支二壘安打。球棒碰到球的聲音清脆悅耳，響徹神宮球場。周圍響起啪啪的稀疏掌聲。我那時候，不知怎麼毫無脈絡可循，沒有任何根據，忽然起了這樣的念頭「對了，說不定我也可以寫小說」。

當時的感覺，我還記得清清楚楚。好像有什麼東西從天上慢慢飄下來，而我正好用雙手接住。爲什麼會碰巧落在我的掌心？我也不太明白。當時不明白，現在也不明白。不管原因是什麼，總之發生了那件事。該怎麼說呢，是一個啓示般的事。英語中有 epiphany（瞬間靈感頓悟）的說法。翻譯成日語類似「本質的突然顯現」、「直覺性掌握眞實」的意思。簡單地說就像「有一天突然有什麼在眼前忽然出現，因此很多事情的模樣也跟著瞬間改變」的感覺。那真的是當天下午發生在我身上的事。以那件事為分界，我人生的模樣也忽然完全改變。就在身為首位打者的戴夫・希爾頓，在神宮球場揮出漂亮而銳利的二壘安打的那個瞬間。

比賽結束後（那場比賽我記得是養樂多燕子隊贏），我搭電車到新宿的紀伊國屋去，買了稿紙和鋼筆（寫樂、兩千圓）。當時文字處理機和個人電腦都還不普及，只能用手一個字、一個字寫。不過這樣感覺非常新鮮。心會怦怦跳。因為對我來說，用鋼筆在稿紙上寫字這件事，真的好久沒做了。

深夜，店裡工作結束後，我在廚房的桌上開始寫小說。除了黎明前的幾小時之外，幾乎沒有屬於自己的自由時間。我就這樣花了大約半年時間寫出《聽風的歌》這本小說（當初書名不是這個）。初稿寫成之後，棒球季也快結束了。順便提一下，這一年的養樂多燕子隊出乎大家預料，不但拿下聯盟冠軍，還在日本職棒大賽中擊敗擁有日本頂尖投手陣容的阪急勇士隊，拿到總冠軍。

那眞是奇蹟般漂亮的球季。

《聽風的歌》是稿紙不到二百頁的短中篇小說。不過卻花了很多工夫才完成。當然，因爲能自由運用的時間不太夠也有關係，不過更重要的是，我本來就完全不知道小說這東西該怎麼寫。老實說，因爲我以前很著迷地讀十九世紀的俄國小說和平裝本英語小說，不曾很有系統地認眞讀過日本現代小說（也就是所謂「純文學」類的小說）。因此既不知道現在的日本大家在讀什麼樣的小說，也不知道該怎麼寫日語小說才好。

總之推測「大概是這樣吧」，花了幾個月的時間，試著寫出大概像那樣的東西，但試讀看看寫出來的東西時，連自己都無法說服。「糟了，這樣不行」實在失望。怎麼說呢，形式上雖然算小說，讀起來卻無趣，讀完後也沒有觸動內心的東西。連寫的人都這樣感覺，讀者更會這樣感覺吧。得到的結論是「我畢竟沒有寫小說的才能」而心情低落。一般人走到這一步就會乾脆放棄，但我手上卻還清清楚楚留有在神宮球場外野席時所得到的 epiphany 的感覺。

我重新想一想，小說寫不好，也是理所當然的。這輩子從來沒寫過小說，不可能一開始就流暢地寫出優秀的小說來。或許一開始就想寫高明的小說，像小說的小說所以才行不通。「反正也寫不出什麼高明的小說。不如捨棄所謂小說就是這種東西，文學就是這麼回事的既成觀念，把感覺到的事，腦子裡浮現的東西，隨心所欲、自由自在地寫出來就行了吧」。

話雖這麼說，要「把感覺到的事，腦子裡浮現的東西，隨心所欲自由自在地寫」，可不像嘴巴說的那麼容易。尤其對於從來沒有寫小說經驗的人來說，簡直是極難的功課。為了從根本改變想法，我決定暫時放棄稿紙和鋼筆。如果眼前就有鋼筆和稿紙的話，無論如何難免會偏「文學性」的方向。於是我把收藏在壁櫥裡的 Olivetti 英文打字機拿出來。用那個打出小說的開頭，試著用英語來寫寫看。總之什麼都好，就是要試著寫看看「不尋常的東西」。

當然我的英語作文能力可想而知。只能用有限的少數單字，寫出結構有限的少數文章。句子當然也很短。不管腦子裡擁有多少多麼複雜的想法，都實在無法照那形式表現出來。只能把內容盡量改成以簡單的語言來說，把意圖轉換成容易理解的說法，描寫時盡量削掉多餘的贅肉，縮小整體型態，以便放進空間有限的容器裡，當時不得不採取這樣的程序，結果文章變得相當粗糙。不過這樣一邊辛苦琢磨一邊寫下去之間，漸漸產生屬於我自己的文章節奏般的東西來。

我從小到大生活中一直都使用生在日本的日本人所用的日本語，因此在我個人的系統之中，日本語的各種詞彙和各種表現就如目錄般塞得滿滿的。因此當我要把自己心中的感情和情景化爲文章時，這些目錄就會忙碌地來回移動，在系統中有時會發生撞車。但以外國語寫文章時，因爲詞彙和表現有限，反而不會有這種情況。而且我那時候發現，就算詞彙和表現數目有限，如果能有效組合的話，由於搭配運用方式的不同，其實感情表現、意思表達都可以發揮得相當巧妙。換句話說就是「不需要用困難的詞句也可以」、「不必用美麗的表現手法也能感動人心」。

很久以後，我才發現雅歌塔・克里斯多夫（Agota Kristof）這位作家，也用具有相同效果的文體，寫出了幾本優秀的小說。她是匈牙利人，一九五六年匈牙利動亂時她流亡到瑞士，在那裡不得不開始以法語寫小說。因爲如果以匈牙利語寫小說實在無法生活下去。法語對她來說是後天學的（不得不學的）外國語。但由於用外國語創作，而成功創造出屬於自己的嶄新文體。簡短的句子組合出美好的節奏，用字直率不迂迴，不過度思考的精確描寫。而且，雖然沒有寫什麼非常重要的事情，卻有深處隱藏某種謎一般的東西。我記得很清楚，後來第一次讀她的小說時，感覺到書中有一種令人懷念的東西。不過當然我和她作品的傾向是相當不同的。

總之，我「發現」這種用外國語書寫的效果和趣味，找到自己寫文章的節奏後，又把英文打字機收進壁櫥裡再度拿出稿紙和鋼筆，然後面對書桌，把用英文寫的一章左右的文章，「翻譯」成日文。雖說是翻譯，並不是僵硬的直譯，應該說是接近相當自由的「移植」。於是這裡必然地，浮現出新的日本語的文體來。那也是我自己的個人的文體。是我親手找到的文體。當時我想「原來如此，我只要像這樣寫日語就行了」。眞是茅塞頓開、恍然大悟。

常常有人說「你的文章有翻譯調」。雖然我不太明白所謂翻譯調正確說是怎麼回事，不過我想某種意義上是說對了，某種意義上則不對。最初的一章現實上是「翻譯」成日語的，照字義上的意思來說，覺得這個意見好像也有道理，實際上只不過是寫作過程的問題而已。我的目標反倒是排除多餘的修飾，以「中立的」且活動自如的文體書寫。我並不是追求寫出「日語性淡薄的日語」文章，而是想盡量用遠離所謂「小說語言」、「純文學體制」般的日語，而以自己自然的聲音來「說」小說。因此必須要豁出去。說得極端一點當時對我來說，日語可能只不過是機能性的工具而已。

可能有人認爲，這是對日語的侮辱。實際上我也受過這樣的批評。不過語言本來就是堅強的東西。擁有漫長的歷史爲印證的強韌力量。無論被誰多粗暴地對待，都不會損傷那自律性。想盡辦法嘗試，用不同方法去實驗語言所擁有的可能性，將語言有效性的範圍盡可能推廣出去，是所有作家被賦予的固有權力。如果沒有這種冒險心的話，是無法產生任何新東西的。對我來說，到現在日語在某種意義上依然是工具。而且深入探究那工具性，說得稍微誇張一點，我相信應該和日語的再生關係密切。

總之我就這樣採用新獲得的文體，把已經寫好的「不太有趣的」小說，從頭到尾完全改寫過。小說的情節本身大致相同，但表現方法完全不同。讀完的印象也完全不同。那就是現在的《聽風的歌》這部作品。我對這部作品的成果說不上滿意。寫完後重新讀看看，覺得很不成熟，是缺點很多的作品。只能寫出自己想表現的事情的兩成或三成而已。不過總算把第一本小說，想辦法以還可以同意的形式寫到最後，自己有完成一件「重要移動」的踏實感。換句話說，那時候的epiphany，某種程度上可以說自己真的感覺到了。

在寫小說時，與其說有「正在寫文章」的感覺，不如說更接近「正在演奏音樂」的感覺。那種感覺我現在還珍惜地保持著。換句話說，與其用頭腦寫文章，不如用身體的感覺寫文章。確保節奏、發現美好的和音、相信即興演奏的力量。總之深夜裡在廚房的桌上，以新獲得的自己的文體寫小說（般的東西）時，簡直就像得到新的工作道具時那樣，興奮得心怦怦跳，非常快樂。至少我在三十歲前所曾感覺到的心的「空洞」般的東西，似乎已經被好好的填滿了。

最初所寫成的那「不太有趣的」作品，和現在的這部《聽風的歌》如果能拿來比較對照可能很容易了解，但很遺憾那「不太有趣」的作品已經被我丟棄了，所以無法辦到。自己都幾乎不記得那是什麼樣的東西。如果保存下來就好了，但心想這種東西不需要了，就很乾脆地丟進垃圾桶。我只記得「在寫那篇的時候，心情實在愉快不起來」這件事而已。寫那種文章眞不快樂啊。那是因爲那文體根本就不是從自己心中自然發出的文體。就像穿著尺寸不合的衣服運動一樣。

《群像》的編輯打電話來說「村上先生投稿的小說，進入新人獎的最後決選」，是一個春天的星期天早晨。從神宮球場的開幕戰之後經過將近一年，我已經過了三十歲生日。我想大約是上午十一點過後，因爲前一天晚上工作到很晚，因此當時睡得很熟。醒過來還迷迷糊糊的，雖然拿起聽筒，卻還搞不清楚對方到底要告訴我什麼。因爲老實說，我根本完全忘記自己把稿子寄給《群像》編輯部的事了。我寫完了，總之，把稿子交到誰的手上了，我「想要寫什麼」的心情已經完全平靜下來了。換句話說，那只是一時動念，想到什麼就那麼嘩啦嘩啦寫下來的作品，所以完全沒料到會進入決選。稿子連複印一份都沒有。所以如果沒有進入決選的話，那作品應該會永遠消失無蹤。而且我可能再也不會寫小說。試想起來，人生眞是不可思議。

根據那位編輯的說法，包括我的作品在內總共有五篇作品進入決選。「哦」我想。不過因爲還很睏，不太有眞實感。我起床洗過臉，換了衣服，和妻子一起出門散步。走到明治通的千駄谷小學旁時，看到草叢下躺著一隻傳信鴿。抱起來仔細查看，發現翅膀好像受傷了。腳上套著金屬腳環。我用雙手輕輕捧著那鴿子，帶到表參道的同潤會青山公寓（現在變成「表參道 Hills」）旁的派出所。因爲那是最近的派出所。

我們從原宿的巷子走過去。在那之間，受傷的鴿子在我手掌裡，身體暖暖的，而且輕輕顫抖著。那是個非常晴朗，非常舒服的星期天，附近的行道樹、建築物、商店的櫥窗，在春天的陽光照射下，亮麗地閃爍著。

我忽然感覺到，我一定會得到《群像》的新人獎。而且從此當上小說家，或許某種程度也算成功。雖然好像非常厚臉皮，不過不知怎麼我這樣確信。感覺非常清楚。那與其說是理論上，不如說更接近直覺。

我還清楚記得三十幾年前的春天下午，在神宮球場的外野席，有什麼從天上輕飄飄地落在自己掌心的感觸，在那一年後，也是春天的下午，同樣的手掌上也還記得在千駄谷小學旁撿到受傷鴿子的體溫。而且每當我在想「寫小說」的意義時，經常會想起那些觸感。對我來說，那些記憶意味的是，相信自己心中應該擁有的某種東西，並且夢想那是可以培育的可能性。自己心中還留有這種觸感，眞是太美了。

寫第一本小說時所感覺到寫文章時的「愉悅」、「快樂」，現在基本上沒有改變。每天早晨醒來，到廚房泡咖啡，注入大馬克杯，拿著馬克杯到書桌前坐下，打開電腦（有時很想念四百字稿紙和長久愛用的 MONTBLANC 萬寶龍粗尖鋼筆）。然後開始思考「好了，接下來該寫什麼」。這種時刻眞的非常幸福。老實說，我從來沒有感覺過寫東西很痛苦。也從來沒有爲寫不出小說而煩惱的經驗（眞感謝）。或者說，我想如果不快樂的話，就失去寫小說的意義了。我無法認同把寫小說當作辛苦勞役的想法。我想小說這種東西，基本上應該像文思泉湧般順暢地寫出來的。

我並不認爲自己是天才。也從來不認爲自己擁有什麼特殊才能。不過像這樣以專業小說家的身分，吃這一行飯超過三十多年，要說完全沒有才能也說不過去，可能本來就有某種資質，或個性上的傾向之類的吧。不過這種事情自己東想西想也沒有用。這種判斷就交給別人吧——如果什麼地方有這種人的話。

我長久以來最重視（而且現在依然重視）的事情是，「自己因爲某種特別的力量，而被賦予寫小說的機會」這坦然的認識。我總算抓住這個機會，並蒙受不少幸運，才能像這樣當上小說家。無論如何，以結果來說，我不知道是誰賦予我這樣的「資格」。對此我唯有衷心感謝。而且對自己被賦予的資格——就像守護受傷的鴿子般——珍惜守護，現在還能像這樣繼續寫小說，我感到非常高興。以後的事以後再說。

第三回　文學獎

我想談談文學獎。首先，例如芥川龍之介獎（芥川賞）。因爲是活生生的例子，而且是相當直接而微妙的話題，因此也有難說的地方，不過或許不必怕被誤解，就在這裡談一下也好。我覺得，談芥川獎和談整個文學獎應該是相通的，而且談文學獎，或許也等於在談現代文學的一個面向。

不久前，某文藝雜誌在卷末專欄寫到芥川獎的事。其中有一段這樣的文章：「芥川獎可能是相當有魔力的獎。因爲有作家因落選而騷動，名聲因此提高。至於像村上春樹般落選而遠離文壇的作家，更顯示其權威的程度。」寫的人名字是「相馬悠悠」，想當然爾是某人的匿名。

我確實曾經被芥川獎提名過兩次，不過已經是三十多年前的事了。兩次都沒有得獎。如今我確實在遠離文壇般的地方進行寫作，但我和文壇保持距離，並不是因爲沒得到（或得不到）芥川獎的關係，而是對於踏進那樣的場所本身，本來就無知也不關心。但對本來並沒有關係的兩件事，一定要這樣勉強扯上因果關係，我也很困擾。

這樣一寫，或許有人會很直接地以為「哦，村上春樹因為得不到芥川獎，所以才遠離文壇而活到現在」，而且恐怕已經成為普遍的共識了。雖然我想推論和斷定應該分開使用，是寫文章的基本原則，但似乎並非如此。就算是同樣一回事，以前被說「文壇不理他」，最近則被說「遠離文壇」，或許應該高興吧。

會和文壇保持距離，我想其中一個原因是自己本來沒打算要「當作家」。我只是一個普通人過著極普通的生活，有一天忽然想寫一本小說，而且突然得到新人獎。所以對於文壇是什麼，文學獎是什麼，幾乎毫無基本知識。

而且因為當時尚有「本業」，每天生活總是非常忙碌，光是要一一打理那些雜事就快忙不過來了也有關係。就算有三頭六臂也不夠用，除非是不可或缺的必要事情，其他根本沒時間去管。成為專業作家之後，雖然不像以前那麼忙了，但因爲想法改變，實際上開始過著早睡早起的生活，白天時間運動，因此晚上幾乎不再外出。也不再涉足新宿的黃金街。並不是對文壇，或黃金街有什麼反感，只是碰巧對當時的我來說，沒有在現實上和那種場所建立關係，或涉足的必要，也沒有那樣餘裕。

我不太知道芥川獎是否「有魔力」，也不知道是否「夠權威」，而且從來沒有意識到這些。也不太清楚過去誰得過，誰沒得到這個獎。從以前就不太感興趣，現在也一樣（或更加）沒興趣。如果像那位專欄作者說的那樣，就算芥川獎擁有魔力般的東西，至少那魔力似乎並沒有來到我個人身邊。可能在什麼地方迷路了，沒能到達我這裡吧。

雖然我有兩部作品《聽風的歌》和《1973 年的彈珠玩具》被提名芥川獎，但老實說，我覺得其實得不得獎都可以（如果可能希望您也這樣相信）。

《聽風的歌》這部作品獲選文藝雜誌《群像》的新人獎時，我眞的眞心感到高興。我可以對廣大的世界斷言，眞的是我人生中劃時代的大事。那個獎成爲我身爲作家的「入場券」。有沒有入場券，事情會完全不同。因爲眼前的門就那樣打開了。而且只要有那麼一張入場券，以後總會有辦法吧，我想。那時候芥川獎怎麼樣，我連想都沒時間去想。

至於另外一個理由，在於我自己並不太滿意最初的兩部作品。寫那些作品時，感覺自己本來擁有的實力，只用到兩至三成而已。畢竟那是我有生以來第一次寫的東西，因此不知道小說這東西該如何寫才好，還不太知道基本技術。現在回想起來，所謂「只用到兩至三成實力」，我想多少也有反倒成爲某種優點的部分。不過那個歸那個，以我個人來說，作品的成果還有不少未盡理想的地方。

所以雖然入場券有效，但這種程度的東西在得了《群像》新人獎之後，如果繼續再得芥川獎的話，我覺得反而可能增加多餘的負擔。現在這個階段，如果評價太好，多少會感覺「過多」吧。說得明白一點會覺得，「哦，這樣可以嗎？」如果能多花一些時間的話，應該可以寫出比現在更好的作品——我有這樣的想法。以一個不久之前還完全沒想到自己會寫小說的人而言，或許是相當傲慢的想法。不過我自己也這樣覺得。容我坦白陳述個人見解，人如果沒有那麼一點傲氣，大概不會去當小說家。

《聽風的歌》和《1973 年的彈珠玩具》等兩部作品問世時，媒體都說是芥川獎「最有力的候選作」，周圍的人似乎也都期待我得獎，但正如前述的理由，我未能得獎反倒鬆了一口氣。我多少也可以理解沒選我的評審委員們的心情，「嗯，大概就是這樣吧」。至少完全沒有恨意。而且也沒去想和其他候選作品比較起來是如何又如何。

當時我在東京都內經營一家爵士咖啡廳，每天幾乎都到店裡工作，因此如果得了獎在世間備受矚目的話，周圍騷動起來一定很麻煩。也有這層顧慮。因為畢竟是開店的生意，所以就算不想見的人來了，也逃不了——話雖如此，但也有幾次受不了而逃出去過。

兩次候選，兩次落選之後，周圍的編輯說「這麼一來村上先生已經玩完了。以後，大概不會再被芥川獎提名了」。還記得當時心想「玩完了，好奇怪的說法」。芥川獎基本上是頒給新人的，因此到了某個時期之後，似乎就會被排除在得獎名單之外。根據某文藝雜誌的專欄，也有入圍多達六次的作家，我居然兩次就玩完了。爲什麼？自己雖然不太清楚，當時的文壇和業界似乎已經有「村上這樣就玩完了」的共識。一定是有如此慣例吧。

不過我並沒有因爲玩完了而感到失望。反而覺得輕鬆，以後或許可以不用去想芥川獎了，這種安心感好像反而比較強。我自己得獎與否，眞的無所謂，倒是在進入決選時周圍的人都怪緊張的，我記得這種氣氛有點煩。有奇怪的期待感，也多少有點輕微焦躁般的感覺。此外，光是被提名就會被媒體報導出來，反應很大，也有過類似抗拒的聲音，林林總總的事情令人覺得麻煩。兩次就夠鬱悶了。這種事如果每年繼續下去，光想像心情就夠沉重了。

其中最沉重的是，大家都來安慰我。一落選，就有許多人到我這裡來，對我說「這次很遺憾啊。不過下次一定能拿到。下一部作品加油！」我雖然知道對方——至少大多的情況——是基於善意的，但每次被這樣一說，我就不知道該怎麼回答才好，以我來說，心情總變得很複雜。只能「嗯，啊……」地漫應著，把話敷衍帶過。就算說「沒關係呀，沒得到也無所謂。」恐怕誰都不會相信，反而有點掃興。

NHK也很麻煩。被提名的階段就說「如果得到芥川獎的話，請上第二天早晨的電視節目」。打電話來這樣說。我一方面工作很忙，而且也不想上電視（本來個性就不喜歡拋頭露面），就算說，不要，我不想上，對方也不太肯罷休。反而生氣地問我爲什麼不上。每次被提名時，就會發生各種類似的事情，往往令人感到很厭煩。

我常常覺得不可思議，「爲什麼世間的人都那麼在意芥川獎呢？」稍早之前，我到書店去，看到書名類似『村上春樹爲什麼沒得芥川獎』的書擺在平台上。是什麼樣的內容，因爲沒有讀所以不知道——但實在很難爲情，自己也不方便買吧——不過光是會出版這種書，也讓我感到不解，「總覺得有點不可思議」。

假定我當時得到芥川獎，我想世界的命運也不會因此改變，我的人生也不至於有巨大的變化。世間一切應該大致維持現在的狀態，我三十幾年來，雖然可能有少許誤差，但大致還是以相同步調繼續執筆到現在。無論我有沒有得到芥川獎，我所寫的小說可能還是被同類的人接受，令同類的人感到煩躁（或者令爲數不少的人感到煩躁，似乎和文學獎無關，是我與生俱來的資質。）

如果我得到芥川獎，伊拉克就不會發生戰爭，我當然覺得應該盡一份力，不過那不可能。至於爲什麼我沒得芥川獎，需要特地出一本書呢？老實說我實在無法理解。我有沒有得芥川獎，可以說只是茶杯中的風暴……談不上風暴，是連一陣旋風都談不上的微小事情而已。

這樣說可能不夠圓滑，不過芥川獎本來也只是文藝春秋這一家出版社所主辦的一種獎。雖然我沒說——文藝春秋把那當生意在經營，不過要說完全沒當生意在做，也是謊言。

無論如何，長久身爲一個小說家的人，如果讓我陳述眞實感想的話，我想在新人階段的作家所寫的作品中，要出現眞正令人刮目相看的作品，大概五年才有一次。就算標準稍微設定得寬鬆一點，大概也要兩、三年才有一次。然而這獎卻是一年選出兩次，因此無論如何總有灌水的感覺。當然這樣做也完全沒關係（獎這種東西或多或少都帶有鼓勵和祝福的作用，把門面放寬並不是壞事），不過客觀來看，每次都要動員各方媒體像社會活動般盛大舉行，有需要做到這個地步嗎？我不禁這麼想，狀態有點失衡。

不過這麼說來，不只是芥川獎，全世界所有的文學獎到底「又擁有多少實質價值呢？」這麼一來，就說不下去了。因爲所有名爲獎的東西，從奧斯卡金像獎到諾貝爾文學獎，除了特定可以數值評判優劣的獎項之外，價值根本沒有客觀根據。如果想挑剔，缺點多少都挑得出。如果想珍惜的話，優點也不勝枚舉。

瑞蒙・錢德勒（Raymond Chandler）在一封信中，對諾貝爾文學獎曾經這樣寫過。「我想當大作家嗎？我想得諾貝爾文學獎嗎？諾貝爾文學獎是什麼？這個獎頒給太多二流作家了。頒給引不起閱讀興趣的作家們，得到那樣的東西，必須到斯德哥爾摩去，穿上正式禮服，發表得獎感言。諾貝爾文學獎值得這樣麻煩嗎？絕對不值。」

美國作家納爾遜・艾格林（Nelson Algren）（《金臂人》"The Man With the Golden Arm"、《走在狂野的一邊》"A walk on the Wild Side"）受到作家馮內果的強力推薦，一九七四年被選為美國藝術暨文學學會的成就獎得獎者，然而他卻在酒吧和女人喝醉了，沒去參加頒獎典禮。當然是故意的。被問到送來的獎章呢，他卻回答說「不知道……好像丟到哪裡去了」。在「史塔茲・特克爾

（Studs Terkel）自傳」的書中寫著這樣一段插曲。

當然這兩人可能是過分激烈的例外。因爲他們是擁有自我風格且一貫反骨精神的人。但他們所共同感覺到的，或以態度想表明的，可能是「對眞正的作家來說，有幾件比文學獎更重要的事」。其中一件是自己正在生產有意義的東西的手感，另一件是擁有能正當評價作品意義的讀者——人數多少不拘——但有確實存在那裡的手感。只要有這兩件確實的感覺，對作家來說，獎已經是可有可無的東西了。那只不過是社會或文壇形式上的認定而已。

但世間眾人大多只看眼睛看得到具體的、形式化的東西，這也是事實。文學作品的質畢竟是無形的東西，當授予某種獎或徽章時，就附上具體形式了。而且人們的眼光可以轉向那「形式」。像那樣和文學性無緣的形式主義，還有「我們要頒獎給你，請到這裡來拿吧」。這種權威方面「由上往下」的眼光，或許讓錢德勒和艾格林非常受不了吧。

我也接受過訪談，每次被問到關於獎的事情時（無論在國內或海外，不知怎麼都會被問到這個），我都回答「最重要的是擁有好的讀者。任何文學獎、勳章、善意的書評，都比不上親自花錢去買我的書的讀者，擁有更實質的意義。」同樣的答案，我已經重複回答過好多次，連自己都感到厭煩了。不過好像沒有人認真地好好聽進我的說法。大多數情況都被忽視了。

不過試著想像，這樣的答案真的是很實際、又無聊，屬於聽起來十分符合禮貌的「表面發言」。自己有時也會這樣想。至少不是會引起媒體興趣的說法。但不管是多無聊而平凡無奇的回答，對我來說，至少是坦白的事實。所以沒辦法，無論被問多少次都會反覆同樣的回答。讀者付出一千幾百日圓，或幾千日圓買一本書時，並沒有任何企圖。有的只是「想讀看看這本書」這樣坦率（可能）的心情而已。或只有期待感而已。對於這些讀者諸君，我真的衷心感謝。和這比起來——不，不該勉強去做具體的比較吧。

不過不用說，能留到後世的只有作品，不是獎。還記得兩年前芥川獎得獎作品的人，還記得三年前諾貝爾文學獎得獎者的人，世間恐怕不太多。您還記得嗎？但如果一部作品眞的很傑出的話，經過若干時間的試煉之後，人們依然還記得那部作品。海明威是否得過諾貝爾文學獎（得過），豪爾赫．路易士．波赫士（Jorge Luis Borges）是否得過諾貝爾文學獎（有嗎？）這種事情誰會注意呢？文學獎雖然可以讓特定的作品引人注目，卻無法為那作品注入生命。無須贅言。

沒得到芥川獎有什麼損失嗎？我試著想了一想，並沒有想到任何一件事情。那麼有什麼好處嗎？這個嘛，因為沒得到芥川獎而得到的好處，好像也沒有。

只有一件事，自己的名字旁邊沒有附上「芥川獎作家」的「頭銜」，這點也許覺得有點高興。這只不過是猜測而已，如果自己的名字旁邊一一加上那樣的頭銜的話，好像在暗示「你就是因為憑芥川獎的幫助才能走到這個地步」似的，可能會有點心煩。現在的我因為沒有任何那樣的頭銜，所以很輕鬆，或者說自在。只是村上春樹（而已），這相當不錯。至少對本人來說，感覺還不錯。

不過這並不是因爲對芥川獎懷有反感（雖然好像提了又提，不過我心中完全沒有這意思），我只不過是對於以我這個「個人資格」寫東西，過日子活到現在，稍稍感到自豪而已。或許沒什麼了不起，不過那對我來說，卻是非同小可的重大事情。

雖然只是個大概標準，不過我推測，會習慣性且積極地拿起文學書的族群，可能佔總人口的大約百分之五左右吧。也可以說是讀者人口核心的百分之五。現在，很多人經常提到遠離書本、遠離文字，我想某種程度確實沒錯，不過我想像那百分之五前後的人，就算被上面的人強迫說「不要讀書」，他們恐怕還是會以某種形式繼續讀書。就像美國作家雷・布萊伯利（Ray Bradbury）的小說《華氏 451 度》那樣。大家爲了逃避鎮壓躲到森林裡去，互相幫忙背誦書本……就算不到那個地步，還是可能悄悄在什麼地方繼續讀書。當然我也會是其中之一。

讀書習慣一旦養成之後——這種習慣多半在年輕時候養成——就不會那麼容易放棄。即使手邊有YouTube，或3D電玩，只要一有時間（或就算沒有時間）也會主動拿起書本。而且只要這個世界上二十個人之中有一個那樣的人存在，我就不會認真擔憂書和小說的未來。我現在也不特別擔心，電子書的趨勢將會如何。無論是紙本或畫面（或像《華氏451度》那樣靠口頭傳承），任何媒體、形式都沒關係。只要喜歡書的人還能好好讀書，就行了。

我所認真思考的問題，只有**我自己能對那些人提供什麼樣的作品**而已。除此之外的事物，終究只是周邊的現象。大約是日本總人口的百分之五，說起來就有六百萬人的規模。只要有這樣的市場，身爲作家應該可以有飯吃。不只日本，放眼世界，當然，讀者的人數就更多了。

只是關於剩下的百分之九十五的人口來說，他們的日常生活或許沒有多少機會正面接觸文學，今後機會也可能越來越減少，也就是所謂「脫離文字」的現象可能再繼續下去。雖然如此，現在或許——這也是大概估計的而已——至少有一半左右，看得出他們對於社會文化的現象、或知性娛樂方面的文字多少也感到興趣，如果有機會也想拿起書本來讀讀看。他們也是文學的潛在對象，或者以選舉來說是所謂的「游離票」。因此有必要對這些人設立某種窗口，或展示間般的東西。而那窗口＝展示間之一，或許就是現在（向來）芥川獎所扮演的角色。以葡萄酒來說就像薄酒萊新酒、以音樂來說像維也納新年音樂會、以跑步來說的箱根馬拉松接力賽。然後當然還有諾貝爾文學獎。不過連諾貝爾文學獎也要談的話，事情就有點麻煩了。

我有生以來，從來沒有擔任過文學獎的評審委員。雖然不是沒有被邀請過，但每次我都說「很抱歉，我無法勝任」而拒絕了。因爲我想自己沒有資格擔任文學獎的評審委員。

如果問爲什麼，理由很簡單，因爲我是個太過於個人的人。在我這個人身上，有我自己固有的 Vision，並在那之上進行賦予形式的固定過程。爲了維持那過程，所形成的總括生活方式中，就有不得不個人化的地方。不這樣的話我無法好好寫東西。

不過那只是我自己的**尺度**，雖然適合我自己，卻未必適合其他作家。我絕對無意「排除我的做法之外的一切做法」（當然世上還有許多就算和我的做法不同，依然值得尊敬的做法），但其中也有「這絕對和自己無法相容」，或「這也無法理解」的東西。無論如何我只能憑自己這個軸，眺望和評價事物。說得好聽是個人主義，換一個說法則是本位主義，任性自私。那麼，如果我把那任性自私的軸或尺度帶進來，憑那個評價別人的作品的話，被評價的一方想必會無法忍受。如果是某種程度已經地位穩固的作家的話或許還好，如果是剛出道的新人作家的命運，要由我這帶有偏見的世界觀來左右的話，就未免太可怕了，我無法想像。

雖然如此，我這種態度如果被批評爲等於放棄身爲作家的社會責任的話，或許也是吧。因爲我也是通過「群像新人文學獎」這個窗口，在那裡拿到一張入場券，才開始作家這個職業的。如果我沒有得到那個獎的話，我想我可能不會成爲小說家。只會心想「算了」，從此以後什麼也不寫就結束了也不一定。那麼，我應該也有責任對年輕的世代提供同樣的服務吧？就算世界觀多少有點偏斜，稍微努力養成最低限度的客觀性，爲了後輩，這次應該由你來發放入場券，給予機會不是嗎？要這麼說，確實也沒錯。沒有做這個努力或許完全是我的怠慢。

不妨想想，對作家來說，比什麼都重要的最大職責，是繼續書寫更高品質的作品，提供給讀者。我也算是現役作家，換句話說是個還在發展中的作家。正在思考現在自己在做什麼，往後要做什麼才好，是一個還站在摸索立場的人。正以血肉之軀，站在文學這個戰場的最前線，處於激烈交鋒狀態中的人。在那裡生存下來，並繼續前進，是我被賦予的任務。以客觀的觀點閱讀並評價別人的作品，負起責任加以推崇獎勵，或予以淘汰的工作，並不在我現在的工作範圍之內。如果認眞做的話——如果要做當然只能認眞去做——必然要耗費不少時間和精力。而且那就意味著將佔去自己分配給工作的時間和精力。老實說，我並沒有那樣的餘裕。或許有人可以同時兼顧，但我光是每天要做好自己份內的課題，都已經忙得沒有餘力了。

這種想法是不是自私自利呢？當然，相當任性。沒有反駁的餘地。我甘願接受批評。

另一方面，我也沒聽過出版社為了邀集文學獎的評審委員而遇到困難的事。至少也沒聽說過因爲邀請不到評審委員而不得不廢除文學獎的事。反倒是世間文學獎的數目眼看著越來越增加。甚至感覺到全日本好像每天都有一個文學獎頒給什麼人似的。所以就算我推辭掉評審委員，好像也不會因爲「入場券」的發放數目減少，而發生社會問題的樣子。

另外一個問題是，如果我批評了誰的作品（入選作品），而被質問「那麼，你的作品又如何呢？你有立場說這種大話嗎？」我會無言以對。因爲實際上正如那個人所說的那樣。我希望盡量不要遇到這種情況。

話雖如此——我想事先聲明——我完全沒有對擔任文學獎評審委員的現役作家（也就是同業）說三道四的意思。應該有人可以一邊眞摯的追求自己的創作，一邊同時可以擁有客觀性對新進作家的作品做出適當評價。這種人腦子裡可能有可以自由切換的開關。而且，確實必須有人來執行這樣的任務。對這樣的人，我心懷敬畏和感謝之意，只是很遺憾自己卻無法辦到。我考慮和判斷事情很花時間，常常花了時間還判斷錯誤。

關於文學獎，是什麼樣的東西，以前我不太去談。因爲得獎與否和作品的內容，基本上多半是無關的問題，而且在世間又是相當刺激的話題。然而，如同最初所說的那樣，我碰巧讀到文藝雜誌上所刊載的關於芥川獎的小報導，忽然想到，或許差不多已經到了該對文學獎表達自己想法的時候了。不然，有可能會被誤解，因爲如果不針對某種程度加以更正的話，那誤解恐怕會成爲「見解」而固定下來。

不過對於這種種事情（可以說是帶有腥味的事），很難想到什麼就直接說。有時越是老實說越像謊言，而且聽起來可能感覺很傲慢。丟出去的石頭，可能會以更強勁的力道反彈回來。雖然如此，我想，誠實地一五一十說出來的話，到最後應該還是最正確的選擇。我想表達的意思，一定在某個地方會有人能夠全盤照樣理解吧。

在這裡我最想說的是，對作家來說，比什麼都重要的是「個人的資格」。獎終究只能扮演從側面來支持那資格的角色，既不是作家一直進行的作業的成果，也不算是報酬。更不能是結論。如果某個獎對那資格有某種形式的補強的話，對那位作家來說可以說是「良獎」，不然，如果反而成爲障礙、或麻煩的根源的話，很遺憾就無法稱爲「良獎」了。如果那樣的話，艾格林會把獎章乾脆丟棄，錢德勒很可能會拒絕前往斯德哥爾摩——當然他如果被放在那樣的立場時，實際上會如何，我無法得知。

就那樣，獎的價值因人而異。其中有個人的立場，個人的情況，個人的想法、生活方式。無法一視同仁地對待和評論。我對文學獎想說的，只有這些事情。無法一概而論。所以也希望大家不要一概而論。

不過，我在這裡大聲說這種話，可能也不會有什麼作用吧。

第四回

關於原創性

何謂原創性？

這是個很難回答的問題。對藝術作品來說，「原創」到底是怎麼回事？一件作品要達到原創的程度，需要具備什麼樣的資格？這件事若從正面追究下去，有可能令人越想越糊塗。

腦神經外科醫師奧利佛・薩克斯（Oliver Sacks）在《火星上的人類學家》一書中，這樣定義獨特的創造性。

> 原創性中擁有極為個人性的特徵，有強烈的識別性，有個人化風格，那反映融合在才能上，形成個人性的體例和形式。在這層意義上，所謂原創性是指創造出新東西，打破既有的看法，在想像的領域自由展翅飛翔，在心中重新創造無數次完美的世界，並經常以批判性的內省眼光自我審視。
>
> （吉田利子譯・早川文庫、三二九頁）

眞是深得要領，正確而深奧的定義，不過說得這麼斬釘截鐵……不禁也讓我交抱起雙臂，是這樣嗎？

不過暫且擱下正面突破式的定義和理論，先從具體例子來思考看看，事情或許比較容易理解。例如披頭四剛出道，是在我十五歲的時候。第一次在收音機上聽到披頭四的曲子時，我想是〈請取悅我〉（Please Please Me），還記得聽得身體一震。爲什麼呢？因爲是我耳朵從來沒聽過的聲音，而且實在很棒。要問我有多棒，雖然無法以言語適當表達理由，但總之棒得不得了。在那一年之前，我第一次聽到海灘男孩的〈Surfin' U.S.A.〉時，也有大致相同的感覺。

「哇！這個好厲害！」「和其他樂團完全不一樣！」

現在想起來，總之他們非常出色，具有原創性。他們發出了別人發不出的聲音，表現出別人過去沒做過的音樂，而且品質達到超高水準。他們擁有某種特別的東西。那是十四歲或十五歲的少年，以音質不佳的小電晶體收音機（AM）聽，都能立即啪一下理解的明顯事實。事情非常簡單。

然而，他們的音樂的原創性在何處？和其他音樂有什麼不同？試圖以言語形容時，卻極爲困難。少年的我當然完全無法辦到，即使到了成人之後的現在，即便算是當上職業作家的今天，依然相當困難。那種說明需要不少專業知識才行，即使那樣以理論說明，或許還未必恰當。不如實際去聽那音樂還比較快。一聽就會知道。

不過說到關於披頭四和海灘男孩的音樂時，從他們出道到現在已經經過半世紀了。當時，他們的音樂對我們來說是同時代、同時進行所造成的衝擊，要說那是多強烈的東西，到現在已經變得有點難以理解了。

因爲在他們出道之後，自然也出現許多受到披頭四和海灘男孩音樂影響的音樂家。而且他們（披頭四和海灘男孩）的音樂已經以「幾乎價值已經確定的東西」，被整個社會確實地吸收進去了。於是，當今的十五歲少年就算第一次在收音機聽到披頭四和海灘男孩的音樂，即使激動地感到「哇，好厲害呀」，但要把那音樂當成「史無前例的東西」受到戲劇性的激烈感動，事實上已經不太可能了。

同樣的事情也可以用來形容史特拉汶斯基的《春之祭》。一九一三年這首曲子在巴黎首演時，因爲太嶄新了以致於聽衆無法跟上，會場一片騷動，場面相當混亂。大家都被那打破常規的音樂震驚了。但隨著演奏次數增加之後，混亂逐漸收斂，現在已經成爲音樂會的熱門曲目。如今我們在音樂會上聽到那首曲子時，甚至會想「這音樂到底什麼地方，足以引起那樣的騷動呢？」實在想不通。音樂的原創性在首演時帶給一般聽衆的衝擊，只能在腦子裡想像「可能是這樣的地方吧」。

那麼原創性是否會隨著時間經過而褪色呢？自然會產生這樣的疑問，但這方面每個案例各有不同。一般情況下，原創性會依接受和習慣，而失去當初的衝擊力，但相對的是這些作品——如果內容優越，並受到幸運眷顧的話——就能升級爲「經典」（或「準經典」），受到廣大群衆的尊敬。聽《春之祭》時，現代的聽衆並沒有顯示太大的迷惑和混亂，現在依然可以切身感受到超越時代的新鮮和魄力。而且那身體的感受成爲一個重要的「reference（參照事項）」被人們的精神吸收進去。換句話說，成爲愛好音樂人士的基礎營養，成爲價值判斷基準的一部分。說得極端一點，聽過《春之祭》的人，和沒聽過的人，對音樂認識的深度就會出現一些差距。至於差距多少，雖然無法具體查明，但無形中已經產生某種差距是確定的。

馬勒的音樂，情況又有點不同。他所作曲的音樂，未能被當時的人正確理解。一般人——甚至週遭的音樂家——普遍認爲他的音樂大致是「不愉快、醜陋、結構不嚴謹、拐彎抹角、不俐落的音樂」。現在想起來，他似乎在嘗試擺脫所謂交響曲這種既成的形式，而朝「解構」的方式在做，但當時完全沒有如此被理解。反倒以消極的看法把那當成「不行」的音樂，似乎被同行的音樂家們看輕了。馬勒還算被世間接受，因爲他是非常優秀的「指揮家」。馬勒死後，他的許多音樂都被遺忘了。交響樂團不太喜歡演奏他的作品，聽衆也沒有特別想聽。只有他的弟子和少數信徒，爲了不讓香火斷絕而珍惜地繼續演奏。

但進入一九六〇年代後，馬勒的音樂卻戲劇性地復活了，如今他的音樂簡直成爲音樂會中不可或缺的重要演出曲目。人們踴躍地去音樂會用心傾聽。那眞是以驚心動魄的、撼動精神的音樂，強烈地感動我們的心。換句話說，或許活在現代的我們，超越了時代，回頭發掘出他的原創性了。有時候也會發生這種事情。舒伯特創作的優美的鋼琴奏鳴曲，在他生前也幾乎沒被演奏。那些曲子直到二十世紀後半，才開始被搬上音樂會的舞台。

瑟隆尼斯．孟克（Thelonious Sphere Monk）的音樂也很傑出而具原創性。我們——至少對爵士樂感興趣的人——因爲相當頻繁地聽瑟隆尼斯．孟克的音樂，現在聽起來已經沒那麼驚訝了。但只要一聽到那聲音，就立刻會想到「啊，這是孟克的音樂」。不過他的音樂是原創的這件事，在誰看來都很明顯。和同時代其他爵士樂手所演奏的音樂，音色和結構都完全不同。他所創作的音樂，擁有獨特的旋律，並以個人的風格演奏出來，完全打動聽者的心。長久以來，他的音樂未能得到應得的正確評價，但因爲少數人堅持地繼續支持的結果，才慢慢開始被一般人接受。就這樣瑟隆尼斯・孟克的音樂，現在已經自然被我們身體中的音樂認知系統所理解，並成為不可或缺的一部分。換句話說，已經變成「經典」了。

在繪畫和文學的領域中，可以說也有同樣的現象。梵谷的畫、畢卡索的畫，最初讓人感到相當驚訝，有些甚至令人感到不舒服。但我想現在已經不太有人會看到他們的畫而感到慌亂，或不愉快了。反而是大多數人，看到他們的畫而深受感動，主動向前感受刺激，甚至獲得療癒。並非隨著時間過去，他們的畫失去原創性。而是因為人們的感覺被那原創性同化了，把那當成「reference」自然地吸收進體內了。

同樣地，夏目漱石的文體和海明威的文體，現在已經成為經典，依然以reference產生作用。夏目漱石和海明威的文體，也常常受到同時代人的批評，有時甚至受到揶揄。當時也有不少人對他們的風格感到強烈的不愉快（其中很多是當時的文化菁英）。不過直到今天為止，他們的文體仍以一種標準在發揮作用。如果他們所創作出來的文體不存在的話，我想現在的日本小說和美國小說的文體，應該會和今天稍微不同吧。更進一步來說，漱石和海明威的文體，很可能會以日本人和美國人精神的一部分交叉組合進去。

如此，取出過去具有「原創性」的事物，並從今天這個時間點加以分析是比較容易做到的。多半的情況，因為應該消失的東西已經消失了，故可以只取出剩下的東西，放心評價。但正如多數實例所顯示的那樣，同時代所存在的原創性的表現形態，要能被感應到，並以現在進行式去正確評價並不簡單。為什麼呢？因為在同時代人的眼中看來，其中多少看起來有些不愉快、不自然、悖離常識——有時甚至是帶有反社會面向。或者只是單純地顯得愚蠢而已。無論如何，往往在令人驚訝之餘還會同時引起衝擊或反感。許多人對自己無法理解的東西總會本能地憎恨，尤其對於完全沉浸在既定的表現形態裡，並已從中建立起地位的權威階層來說，原創性是該被唾棄的對象。因為搞不好自己親手建立的地盤也會被擊垮。

當然披頭四打從剛出道的時候，就在年輕人族群間獲得絕大的人氣，這倒是特殊的例子。雖然如此，披頭四的音樂並非在當時就廣受世間一般人歡迎。他們的音樂，被視為暫時流行的大眾音樂，和古典音樂比起來，是價值低很多的東西。很多屬於權威階層的人士，對披頭四的音樂感到不悅，而且一有機會就會坦白地表達出這種心情。尤其初期披頭四的成員所採用的髮型和服裝，現在想起來簡直難以相信，居然會成為很大的社會問題，成為大人們厭惡的對象。各地都有人熱心發起砸破、燒毀披頭四唱片的示威活動。他們音樂的革新性和品質之高，一般在社會獲得正當而公正的評價，反倒是後來的事。直到他們的音樂成為不可動搖的「經典」之後。

巴布．狄倫在一九六〇年代中期，捨棄了只採用原音樂器彈唱的所謂「抗議鄉村民謠」（Protest Folk Song）風格（這是承接前人 Woody Guthrie 和 Pete Seeger 而來的），改用插電樂器時，許多過去的支持者惡言臭罵他為「叛徒猶大」「投向商業主義的叛徒」。但現在應該幾乎沒有人會責備他開始使用插電樂器了。因爲如果依時間系列去聽他的音樂的話，就可以了解那是對於巴布·狄倫這位具有自我改革力的創作者，非常自然而必須的選擇。只是對於把他的創新性，套進所謂「抗議鄉村民謠」這狹義範圍牢籠裡的當時（部分）的人來說，那是除了「背叛」和「背信」之外無法形容的行爲。

海灘男孩合唱團以當代樂團來說確實很受歡迎，但樂團的靈魂人物布萊恩·威爾森因爲必須創作出原創性的音樂壓力太大，一度精神崩潰，不得不實質上長期處於退休狀態。而且從他的傑作《寵物之聲》（Pet Sounds）之後，他的精緻音樂就不太受期待聽到「快樂的衝浪音樂」的聽衆所歡迎。他的音樂逐漸往複雜而難解的方向改變。我從某個時間點開始，也不太能接受他們的音樂，而成爲逐漸疏遠的人之一。現在試著重新聽看看，才發現「啊，原來是擁有這種方向的美好音樂」，但是當年人們並不太了解其中的優點。所謂創新性，在實際活著移動著的時候，那形式是相當難以看清楚的。

只是依我的想法，要稱呼某個特定表現者爲「具有原創性」，基本上必須符合以下的條件。

(1)和其他表現者明顯不同，擁有獨自的風格（無論是聲音或文體或形式或色彩）。必須只看一眼（聽一下）就能（大致）瞬間理解是那個人的表現才行。

(2)此人的風格必須憑自己的力量升級改進。隨著時間經過，風格也必須成長。不可一直停留在原地不動。擁有這種自發的、內在性的自我改革力量。

(3)隨著時間經過必須標準化，必須能讓人們的精神吸收，成爲價值判斷基準的一部分。或成爲後世表現者豐富的引用來源才行。

當然並非一定要完全達到所有項目。可能有的例子是充分達到⑴和⑶但⑵尚不足，可能有的例子是充分達到⑵和⑶但⑴卻有點弱。但在「或多或少」的範圍內滿足這三個項目，可能就是具有「原創性」的基本條件。

這樣試著整理之後就知道，暫且不提⑴，但關於⑵和⑶某種程度「時間的經過」成爲重要因素。也就是說一個表現者，或其作品是否具有原創性，很可能「不經過時間的檢驗還無法正確判斷」。

即使某個時候忽然出現擁有個人風格的表現者，強烈地吸引世間的耳目，如果他或她轉眼之間就消失無蹤，或令人厭倦，那麼他或她的「原創性」就很難斷定。往往只是「曇花一現」就結束了。

實際上，我過去在各種領域，都見過這種人。當時雖然覺得耳目一新，「哇」感覺嶄新而佩服，然而不久之後就不見蹤影了。而且因爲某種原因忽然想起「啊，對了，有過那樣的人嘛」，變成這樣的存在。這種人可能缺乏持續力和自我革新力。在討論風格如何之前，如果不留下某種程度有分量的實例的話，會變成「連驗證的對象都無法成立」。因爲如果不排出幾種樣品，從各種角度觀看的話，那表現者的原創性就無法立體地浮現出來。

例如假定貝多芬在他的生涯裡，那九首交響曲只作了一首而已的話，貝多芬是什麼樣的作曲家，形象就無法正確浮現。那巨大的曲子就作品而言擁有什麼樣的意義，擁有多少原創性，光憑單首曲子應該很難捕捉。光是舉出交響曲來說，從第一號到第九號的「實例」大體從年代上就能給我們提示，因此這首九號交響曲所擁有的偉大性，和壓倒性的原創性，我們也能立體地、有系統地理解了。

所有表現者都有可能如此，我也希望自己是一個「具有原創性的表現者」。但就像前面說過的，這不是一個人可以決定的事。無論我如何大聲喊「我的作品是原創的！」或評論家、媒體極力主張說某件作品「是原創的！」那聲音幾乎都會被風吹散。什麼是原創的，什麼不是原創的，只能委由接受作品的人＝讀者判斷，和「理應經過的時間」的共同作業才能達成。作家能做的，唯有全力以赴地盡可能讓自己的作品，隨著年代留存下來作爲範例。換句話說盡量累積更多足以被認可的作品，製造有意義的分量，立體地築起自己的「作品系列」。

只是對我來說唯一有救的或至少具備有救的可能性是，我的作品一直以來被許多評論家厭惡、批評的這個事實。也曾經被一位著名評論家批評爲「詐欺結婚」。可能是說「明明沒什麼內容，卻把讀者騙得團團轉」。小說家的工作，或多或少像一名魔術師，因此被稱爲「詐欺師」，或許某種意義上，是一種反諷式的讚美。被這樣說，或許應該高興地說「成功了！」不過身爲被這樣說——何況事實上還印成書在世間流傳——的人，老實說實在不太愉快。因爲好歹魔術師還是個正當職業，詐欺結婚卻是犯罪，那樣的稱呼我覺得還是有點沒禮貌。（或者不是禮貌的問題，可能只是比喻的選擇有點馬虎而已）。

當然藝文界也有人對我的作品相當讚賞，但人數不多，聲音也小。業界整體看來，我想「No」的聲音要比「Yes」的聲音壓倒性地大。倘若我當年在水池邊，跳進池裡救起一位即將溺斃的老婦人，多半也會被說壞話——我半開玩笑、半認眞地這麼覺得。一定會有人說什麼「明明就是沽名釣譽」或「老婦人一定是會游泳的」之類的話。

我剛開始，對自己的作品也不太滿意，某種程度上也坦然接受批評。「被這麼一說，或許是這樣」，不過大多數還是聽過就算了，但時間經過之後，某種程度——當然一定是某種程度——能夠寫出自己也可以接受的東西之後，對於我作品的批評依然沒有減弱。不，反而好像風壓更強了。以網球來說，準備發球，但丟起來的球，卻被強風吹到球場外去。

也就是我寫的東西，寫得好不好不太有關係，似乎總是讓不少人「一直覺得不愉快」。有些表現形態固然會刺激人們的神經，但那不能算是原創性。這是當然的。只是光說「不愉快的東西」「有什麼地方錯了」就了事的例子要多得多。只是那個，或許能成爲作品具有原創性的一個條件。我每次被人批評時，總是努力盡量往正面想。與其只能喚起溫暖而平庸的反應，不如引發即使負面、卻紮實的反應更好吧。

波蘭詩人赫伯特（Zbigniew Herbert）說「要找泉源必須在河水中逆流向上游。隨著水往下流的只有垃圾而已」。相當鼓舞勇氣的話。（摘自 Robert Alan Harris 的 Aphorism: 525 格言集，Sanctuary books 出版）。

我不太喜歡一般論，如果一定要我說一般論的話（對不起），在日本如果你做了不太尋常的事，或跟別人不同的事，首先一定會引起多數負面反應，不會錯。日本這個國家無論好壞總是擁有以和為貴（不興風作浪）這種體質，其次在文化上單極集中的傾向很強。換句話說，框架容易變硬，權威的力量容易擺架子。

尤其在文學上，戰後很長一段期間以「前衛或後衛」「右派或左派」「純文學或大眾文學」這樣的座標軸，仔細劃分作品和作家的文學定位。而且大出版社（幾乎集中在東京）所發行的文藝雜誌，設定「文學」的基調，藉由頒發給作家各種文學獎（也就是撒餌），再進行追認。在這樣堅固的體制中，作家變得很難發起個人性的「叛亂」。因爲離開座標軸，也就意味著將在文藝業界遭到孤立（餌不會再撒過來）。

我以作家出道是在一九七九年，當時那樣的座標軸在業界已經發揮相當作用了。換句話說系統的「規矩」依然很有力量。經常從編輯口中聽到「那是沒有前例的事」「因爲那是慣例」這類說法。本來我對作家所抱持的印象，以爲作家是不受制約的自由工作者，可以隨心所欲去做喜歡的事，以至於每次聽到這些時就會想：「怎麼變成這樣呢？」

本來我的個性就不喜歡爭執和吵架（眞的），因此對於那樣的「規矩」，即「業界的不成文規定」並沒有特別要反抗的意識。我只是一個想法非常個人的人，因此既然好不容易（算是）當上小說家了，而且人生只有一回，所以我一開始就下定決心，自己想做的事，就依自己想做的方式去做。體制歸體制運作，自己照自己的做法做就行了。我屬於經歷過六〇年代末期所謂「反亂時代」的世代，「不願意被體制收編」的意識算相當強。不過同時，或在那之前，好歹也忝爲創作者之一，精神上的自由比什麼都重要。自己想寫的小說，希望符合自己的進度，以自己喜歡的方式去寫。那時我想這是對作家的我來說，最低限度的自由。

此外，對於自己想寫什麼樣的小說，打從一開始概略就相當清楚了。「現在雖然還寫不太好，往後實力加強之後，其實是想寫這樣的小說」，腦子裡已經有那該有的形象。那個形象經常浮在天空的正上方，像北極星那樣閃亮地浮著。一有什麼時，只要抬起頭來仰望天空就行了，就會清楚知道自己現在所站立的位置和該前進的方向。如果沒有那定點的話，我想我可能會到處飄搖迷失方向。

按照自己的經驗來思考，當初如何找到原創文體和說話方法？首先以出發點來說，與其「自己該增加什麼」不如「自己該減少什麼」的作業似乎更必要。試想起來，我們在活著的過程中，似乎擷取了太多東西。可以說資訊過多、包袱太多、被賦予的選擇實在過多了，當想要試著做自我表現之類的事情時，那些內容往往產生撞擊，有時會陷入類似引擎熄火的狀態。而且身體動彈不得。這時，必須先把不必要的內容丟進垃圾箱，讓資訊系統恢復清爽整潔，頭腦也會更自由地轉動。

那麼，什麼是不可或缺的，什麼是沒那麼必要的，或完全不需要的，該怎麼區別才好？

從我自己的經驗來談，事情非常簡單，「你在做這件事的時候，心情快樂嗎？」我想這個設問可以成為一個基準。如果你從事某一件自己認為重要的事情，但從中找不到自然發生的樂趣和喜悅，一面做著卻不會感到心跳興奮的話，很可能當中有什麼錯誤的、不調和的東西。這時不妨重新回到原點，把妨礙快樂的多餘零件，不自然的要素，一件件去除。

不過做起來也許不像嘴說的那麼簡單。

我寫了《聽風的歌》，得到「群像」新人獎時，高中時代的同班同學，到我當時經營的店裡來，他說「如果是那種程度的東西就行的話，我也會寫」，然後回去。被這麼一說，當然會有點不高興，但同時也坦然地想到「不過，或許確實正如那傢伙說的。那種程度的東西，或許誰都能寫」。我只是把腦子裡浮現的東西，用簡單的語言順順地寫下來而已。困難的文字、精煉的表現、流利的文體，一概沒採用。說起來就像「鬆鬆散散」的東西那樣。不過後來並沒有聽說那個同班同學有寫自己的小說。當然他也許想到「那種程度的鬆鬆散散的小說也能在這世間通用的話，我也就沒必要寫了」，也許因此而沒寫。如果是這樣，那或許也可以稱得上是一種見識。

不過現在想起來，他所說的「那種程度的東西」，或許是立志當小說家的人，反而很難寫得出來的東西。我這樣覺得。在頭腦裡把「沒有也行」的內容一一捨棄掉，凡事以「減法」單純化、簡化下去，或許並不像頭腦所想的、口頭所說的那麼簡單。我因爲打從一開始就對「寫小說」這件事沒有想太多，可以說幸虧無欲，反而能很乾脆地寫出來也不一定。

無論如何，那是我的出發點。我從那所謂「鬆鬆散散」、通風良好的簡單文體開始，花時間在每一部作品中，一點一點加上自己的肌肉。結構更立體化、多層化，骨骼逐漸變粗，故事也更大、規模更複雜，作品內容更豐富，整體態勢更完整。隨著如此的改變，小說的規模也逐漸加大。就像前面說過的那樣，自己心中有「我將來想寫這種小說」這大致的形象，但進行過程本身與其說是有意圖的，不如說是自然形成的。事後回頭看時才發現「啊，結果是這種方向」，並非一開始就事先仔細計畫好的。

如果我寫的小說有所謂原創性的話，我想那或許是從「自由」所產生的東西。我在二十九歲那年，莫名其妙且非常單純地想到「我想寫小說」，於是第一次寫了小說。當時我的企圖心不大，沒有像「所謂小說一定是要像這樣寫」的制約。完全沒有現在的文壇是什麼樣的情況的知識，也沒有值得尊敬、足以當楷模的前輩作家（不知是幸或不幸）。當時只想到要把自己內心的東西反映出來，寫成屬於自己的小說——只有這樣而已。因爲強烈地感覺到自己身上有這股直率的衝動，因此完全沒考慮到前後，面對書桌就開始不顧一切地寫起來。簡單一句話形容，是在「放鬆肩膀」的狀態下。而且寫的時候很快樂，自己在很自由的情況下，可以擁有很自然的感覺。

我這樣想，（或者說，這樣希望），唯有這樣自由且自然的感覺，才是我寫小說的根本精神。那成爲一股原動力。以汽車來比喻就是引擎。所有一切表現作業的根幹，經常必須要有豐富的自發性喜悅才行。所謂原創性，也就是想把那樣自由的心情、無拘無束的喜悅，盡可能鮮活地傳達給許多人時，背後的慾望和衝動所帶來形式上的結果而已，沒有其他。

而所謂純粹的內在衝動，或許會自然地自發地形成自身的形式和風格，並顯露出來。那不是能靠人爲製造的東西。頭腦好的人無論如何絞盡腦汁、使用圖表，都不太能做出來，就算做出來了，恐怕也無法長久繼續保持。就像根沒有深入土中的植物那樣，只要有一段時間不下雨，不久就會失去活力，枯萎凋零。或只要下一點大雨，就會連土壤都流失掉。

以上純屬我個人的意見，如果您希望自由地表現什麼的話，與其問「自己在追求什麼？」不如問「沒有追求什麼的自己本來是什麼樣子的？」或許不妨在腦子裡把這樣的事情，這樣的姿態視覺化看看。如果生硬地從正面去追究「自己在追求什麼？」這類問題的話，事情難免變沉重。而且多半的情況，事情變得越沉重，就越遠離自由，腳步也變得越遲鈍。一旦腳步變遲鈍的話，文章就會失去流暢的力道。不流暢的文章是無法吸引人的——或許連自己都吸引不了。

相較之下，「不求什麼的自己」就像蝴蝶那麼輕盈，可以自由地翩翩起舞。只要放開手，讓蝴蝶自由地飛就行了。如此文章也會活潑地動起來。試著想一想，就算沒有特別自我表現，人也可以普普通通地尋常過日子。倘若雖然如此您還是想要表現什麼的話，在這「雖然如此」的文脈中，我們可能意外地看到自己本來的形影。

我這三十五年來一直持續地寫小說，卻從不曾經驗過以英語來說的「創作瓶頸」（writer's block），也就是寫不出小說的低潮時期。從來沒有過想寫卻寫不出來的經驗。這樣的說法聽起來可能感覺「非常才華洋溢」，卻並非如此，其實事情非常單純，以我的情況，不想寫小說的時候，或提不起想寫的心情時，我就完全不寫。只有想寫的時候，才決定「好吧，來寫」而開始寫。不寫小說時大概都在做翻譯（英語→日語）的工作。因為翻譯基本上屬於技術性的作業，和創作慾望沒有關係，幾乎日常都可以做，同時也是寫文章很好的學習。（如果沒做翻譯，我想我也會找到類似的某種工作）。此外，心血來潮時也會寫一些隨筆。在一點一點做著這些時，我會想得很開，「不寫小說也不會死」。

不過有一段時間不寫小說之後，心情又會變成「差不多該來寫小說了吧」。就像融化的雪水積蓄在水庫那樣，體內會自然累積可以創作的材料。直到有一天忍無可忍的時候（這可能是最佳狀態），就在書桌前坐下來，開始寫小說。我不會有「現在不太有心情寫小說，但因爲接了雜誌的邀稿，沒辦法，不得不寫點什麼」之類的情況。既沒有稿約，也沒有截稿日期。因此我也就和文思枯竭那樣的痛苦無緣。想當然爾我在精神狀態上相當輕鬆。對於一個寫文章的人來說，沒有比不想寫什麼時，卻不得不寫點什麼的狀況，精神負擔更沉重了（難道不是嗎？還是說我比較特別？）。

回到最初的話題，當提到「原創性」這個用語時，我腦海裡浮現的是自己剛滿十幾歲時的模樣。在自己的房間裡，坐在小電晶體收音機前，有生以來第一次聽海灘男孩的〈Surfin' U.S.A.〉，聽披頭四的〈Please Please Me〉，聽得怦然心動，心想「這是多麼棒的音樂啊。從來沒聽過這種唱法，這種聲響」。那樣的音樂爲我的靈魂打開一扇新窗戶，從窗戶吹進從來沒有過的新空氣。裡面有的是幸福的，而且是無比自然的高揚感。從各種現實的制約中解脫出來，感覺自己的身體好像從地上漂浮起幾公分似的。對我來說那就是「原創性」應有的姿態。非常單純。

不久前我讀到《紐約時報》（2014/2/2）這樣描寫剛出道時的披頭四。

They produced a sound that was fresh, energetic and unmistakably their own.

（他們所創作出來的聲音是新鮮的、充滿活力的、而且不會錯是屬於他們自己的。）

雖然是非常簡單的表現，但這可能是原創性最容易了解的定義。「新鮮的、充滿活力的、而且不會錯是屬於那個人自己的東西。」

什麼是原創性，雖然非常難以語言去定義，但可以描寫、再現該特性所帶來的心的狀態。而且我盡可能藉著寫小說，試著把那樣的「心的狀態」在自己心中再一次建立起來。每次我都這樣想。因爲那種感覺實在太美了。就像是在今天這樣的一天裡，再創造另外一個新的一天那樣，心情是如此的清爽、舒暢。

而且如果可能，希望讀我的書的讀者，也能嚐到那樣的心境。希望人們能在心的牆上打開新的窗戶，從那裡吹進新鮮的空氣。那是我一邊寫小說時經常在思考的事情，希望做到的事情。沒什麼道理，就是這麼單純。

第五回

那麼，寫什麼好呢？

要當一個小說家，您覺得需要有什麼樣的訓練或習慣？在接受年輕人的提問時，常常遇到這樣的問題。在世界各地到處都被這麼問過，心想原來有這麼多人「想當小說家」、「想表現自己」，然而這是個非常難答的問題。至少就讓我「嗯」抱臂苦思。

因爲我連自己到底是怎麼當上小說家的，都不太能掌握。我並不是年輕時候就立定志向「將來要當小說家」，因此特別用功、接受訓練、累積習作，一步步走過來，才當上小說家的人。如同在我過往人生中大多數事情的發展那樣，就在「做著這個那個之間，好像自然而然、水到渠成就變成這樣了」似的。運氣的成分也不少。回頭看看實在怪可怕的，不過實際情況就是如此，所以也沒辦法。

雖然如此，當年輕人一臉認眞地問起「您認爲要當小說家需要什麼樣的訓練或習慣？」時，「嗯，這種事情我也不太清楚。一切好像都是順其自然、水到渠成的，運氣也很重要。所以，試想起來，也很可怕噢。」總不能像這樣三言兩語就打發過去。如果這樣說，對方想必也很爲難。可能場面會很尷尬。所以我也只好很認眞地從正面回答「這個嘛，怎麼說呢！」試著想一想。

於是我想，對於想當小說家的人來說，首要條件就是要讀很多書。抱歉答案實在老套，不過我想這是爲了寫小說，比什麼都重要且不可或缺的訓練。爲了寫小說，必須以親身體驗去理解所謂小說基本上是如何成立的。好比「要做煎蛋包必須先打開蛋」一樣，是理所當然的事。

尤其在年輕時期，能盡量多拿起一本書來讀都是必要的。傑出的小說，或者不太傑出的小說，甚至無聊的小說也（完全）沒關係，總之要接二連三、繼續不斷地讀。要盡量讓很多故事通過身體。跟許多優秀的文章相遇，有時候也和不優秀的文章相遇。那會成爲最重要的作業。對小說家來說，那會成爲必不可少的基礎能量。趁著眼睛好，多的是空閒時間的時期，扎實地打好底子。實際寫文章可能也很重要，但以順位來說，我覺得在更後面才做應該還來得及。

其次——恐怕要比實際動手寫文章更優先要做的——應該是養成對自己所

看到的事物和現象，仔細觀察的習慣。周圍的各種人，周圍發生的各種事情，不管什麼，總之要仔細地注意且深入地觀察。而且對此東想西想，想方設法盡量去思考。不過雖說「盡量去思考」，對事情的是非或價值，卻沒有必要快速下判斷。結論之類的東西盡可能先保留，甚至刻意延後。重要的不是整理出明瞭的結論，而是把那些事事物物的模樣，當成素材＝原料，盡量以接近現狀的形式鮮活地留在腦子裡。

有人常常會把周圍的人、事、物加以快速定型化地分析，好比「那個是這樣」「這個是那樣」「那個傢伙是這種人」，在短時間內做出明確的結論，但這種人（只是說依我的意見）不太適合當小說家。反而更適合當評論家或記者。或適合當（某種）學者。適合當小說家的人，就算在腦子裡已經得出像「那個是這樣」的結論，或終於快要得出時，還是「不不，等一下。說不定那是我太自以爲是」，而站定下來，重新思考的人。心想「事情應該不會那麼簡單就決定吧。如果往後忽然出現新的要素的話，或許會來個一八〇度大逆轉呢」。

我似乎屬於這種類型。當然頭腦轉得沒那麼快也有關係（相當有），因為在那個時間點快速下結論，後來一看，才知道當時所下的結論是不對的（不正確，或不充分），過去曾經重複嚐過幾次這樣痛苦的經驗。而感到相當羞恥，流一身冷汗，無謂地繞圈子。所以我感覺心中似乎慢慢形成「事情不要立刻下結論」「盡量多花一點時間思考」。這與其說是與生俱來的性向，不如說好像是從後天的經驗，經歷過殘酷教訓之後才學到的。

因此以我的情況，無論發生什麼事，都不會立刻去動腦筋理出某種結論。反而會把自己所目擊的光景、所遇見的人，或經驗的現象，只以一個「事例」，也就是以樣本，盡量保持原形努力留在記憶中。那麼往後在心情比較沉靜的時候，在有時間的餘裕時，再針對這個，從各種方向去眺望，並小心注意地去驗證，如果必要也可以推得結論。

但以我的經驗來說，迫不得已必須得出結論的事情，似乎比我們所想的要少得多。我甚至覺得——無論是短期的，或長期的——結論這東西對我們其實並沒有那麼重要。所以每次讀新聞報導，看電視新聞，我都懷疑「喂喂，老是那麼輕易下結論，到底打算怎麼樣？」

大致上來說，當今世人未免太過於要求快速判斷「是白是黑」了吧？當然我也認為不能凡事都拖延到「等下次，不久以後」，應該也有幾件是不得不暫且先下判斷的事。舉個極端的例子，如果像「會不會發生戰爭」「核能發電明天要啓動，或不啓動」之類的事，無論如何都必須立即表明立場。要不然很可能會發生可怕的後果。不過這種急迫的事應該不會那麼頻繁發生。如果從收集資訊到提出結論的時間逐漸縮短，誰都變成像新聞解說員或評論家的話，世間將變得一板一眼，沒有緩衝迴旋的餘地。或變成非常危險的地方。意見調查經常有「沒意見」的選項，我就經常想如果有「目前沒意見」的選項該有多好。

不過世間歸世間，總之立志當小說家的人該做的，我想不是立刻下結論，而是將材料盡量原樣接收、積蓄起來。要預先在自己身上空出能夠大量儲存這種原料的「餘地」。雖然說是「盡量原樣」，但現實上不可能把那裡所有的東西都完全照樣記憶下來。我們的記憶容量是有限的。因此這裡就需要類似最小限度的 process＝資料處理了。

多半的情況，我會主動留在記憶中的，是某件事實的（某個人物、某個現象）有趣的幾個細節。因爲很難整體全部原樣記憶（或者說，因爲就算記憶了可能立刻又忘記），於是用心挑出幾個個別的具體細節，以容易想起的形式保管在頭腦裡。這就是我所謂「最小限度的資料處理」。

那是什麼樣的細節呢？會讓你覺得「咦」的那種，具體有趣的細節。可能的話最好是無法適當說明的。不合理的，微妙而不太合常規的，有點令人納悶的，如果很神祕就更沒話說了。採集這種東西，貼上簡單的標籤（日期、場所、狀況）之類的東西，保管在腦子裡。也就是說，收藏在那裡的私人文件櫃的抽屜裡。當然如果能準備一本專用筆記本，在上面記下來也好，但就我自己而言，比較喜歡只留在頭腦裡。筆記要經常隨身攜帶很麻煩，而且一旦化爲文字之後，往往因爲放心反而就那樣忘了。如果在腦子裡就那樣放進各種事情的話，該消失的會消失，該留下的會留下。我就是喜歡這種類似記憶的自然淘汰。

我很喜歡一個故事。詩人瓦雷里（Paul Valéry）採訪愛因斯坦（Albert Einstein）時，問道「您會不會隨身攜帶記錄靈感的筆記？」愛因斯坦雖然態度安穩，卻露出打從心底驚訝的表情。然後回答「啊，沒有這個必要。因爲我幾乎很少得到靈感」。

確實，這麼一說，我也幾乎從來沒有想過「如果現在這裡有筆記簿該多好」。而且眞正重要的事，一旦放進腦子裡，是不會那麼容易忘記的。

無論如何，寫小說時最重要的寶藏，就是這種具體細節的豐富收藏。以我的經驗來說，聰明而小巧的判斷，和符合邏輯的結論之類的東西，對於寫小說的人來說沒有多大用處，很多時候反而會扯後腿，妨礙故事的自然發展。然而預先保管在腦內文件櫃裡的各種未整理的細節，必要時就組合起來放進小說裡，反而會令自己都感到驚訝，並且很自然地就讓故事活潑地動起來。

例如什麼樣的情況？

這個嘛，雖然一時想不起適當例子，但例如，就像……你所認識的人之中，假定有人一認眞生氣就不知怎地會打噴嚏。一旦開始打噴嚏，就很難停止。我認識的人之中並沒有這樣的人，但假定你認識的人之中有，當你看到這樣的人時，就會想「爲什麼？爲什麼一認眞生氣就會打噴嚏呢？」從生理學上，或心理學上分析推測，建立假設，當然也是一種門路，但我卻不太會這樣想事情。我頭腦的運作方式大體上會「哦，嗯，有這種人」到這裡就結束了。「雖然不知道爲什麼，不過世界上也有這種事」，然後就那樣「一整塊」砰一下記憶起來。在我腦子的抽屜裡蒐集了相當多這種所謂沒有脈絡的記憶。

詹姆斯・喬伊斯說「想像就是記憶」斷言得眞簡潔。而且我也認同正如他說的那樣。詹姆斯・喬伊斯說得眞對，所謂想像正是缺乏脈絡的片段性記憶的組合。雖然語義上聽起來好像是矛盾的表現，「有效組合起來的沒有脈絡的記憶」，似乎會擁有它本身的直觀，擁有預見性，才是可以成爲正確的故事動力的東西。

總之在我們——或至少在我的——頭腦中備有這樣的大文件櫃。在每一個抽屜裡塞滿了各種各樣的記憶。有大抽屜，有小抽屜。其中也有附暗袋的抽屜。我一邊寫著小說，一邊應需要拉開想到的抽屜，取出裡面的材料，當作故事的一部分來使用。文件櫃總之附有數量龐大的抽屜，然而當意識專注在寫小說時，哪一帶的哪個抽屜裡放有什麼，腦子裡會咻地自然浮現那形象，能瞬間無意識地找到那所在。平常好像已經遺忘的記憶，會咻咻地自然甦醒過來。當頭腦呈現這樣融通無礙的狀態時，心情眞是非常愉快。換句話說，想像（imagination）會離開我的思維，開始呈現立體的自在移動。不用說，對身爲小說家的我來說，收在腦內文件櫃裡的資訊，就成爲任何東西都代替不了的豐富資產。

史蒂芬・索德柏（Steven Soderbergh）執導的電影《卡夫卡》（一九九一）當中，由傑瑞米・艾恩斯（Jereny Irons）飾演的卡夫卡，有一幕潛入排列著數量龐大附有抽屜的文件櫃的城堡（當然就是以那「城堡」爲藍本），我記得看到時忽然想到「啊，那光景，跟我腦內的結構好像有點相通嘛」。是相當有意思的電影，如果有機會看到，請注意看那一幕。在我腦子裡沒有那麼可怕，但基本上的結構或許很類似。

身爲一個作家，我不只寫小說，也寫隨筆之類的東西，但在寫小說的時期，除非有相當特別的情況，否則我決定不寫小說以外的東西。因爲在寫隨筆之類時，會不經意地打開某個抽屜，把裡面的記憶資訊當材料來用掉。於是當寫小說想用時，會發生已經用在別處的情況，例如會發生「啊，這麼說來，有人認眞生氣時會不停打噴嚏的事，上次已經寫在周刊雜誌的連載隨筆上了」這種事。當然隨筆和小說使用兩次同樣素材，也沒關係，不過像這種衝撞的情況，似乎會使小說不可思議地消瘦下去。所以在寫小說的時期，最好把所有文件櫃都保留給小說專用。因爲不知道什麼時候會需要用到什麼，還是盡量吝嗇一點才好。這是長年寫小說下來，我從經驗得到的智慧之一。

寫小說的時期告一段落之後，會出現許多一次也沒開過的抽屜，和沒用處的材料，因此可以用這些東西（也就是剩餘物資），整批來寫隨筆。不過對我來說，所謂隨筆說起來就像啤酒公司所出的罐頭烏龍茶那樣，也就是副業。眞正美味的材料還是會留到下一本小說＝正業才用。這種材料儲存多了，好像自然就會湧出「啊，好想寫小說」的心情。所以必須盡量珍惜才行。

再回到電影的話題，在史蒂芬．史匹柏所製作的《外星人》中，E．T．從儲藏室的雜物堆裡隨便抽出一些東西，就用那些做出臨時的通訊裝置。還記得這一幕嗎？雨傘啦、檯燈啦、餐具啦、電唱機啦、很久以前看的，詳細情形忘了，總之是將現有的家庭用品組合起來，一下子就做出來。雖說是臨時的，卻是能和距離幾千光年之外的母星球聯絡的正規通訊機呢。在電影院裡看到那一幕時，我非常佩服，但優秀的小說想必也像那樣。材料本身的品質沒那麼重要。這裡比什麼都需要的是「魔法」。即使只有日常性的樸素材料，即使只用簡單而平易的語言，如果那裡有魔法，我們就能以那種東西做出驚人的、洗練的裝置來。

但，無論如何，我們都需要有個人自己的「儲藏室」。再怎麼說用魔法，從一無所有的地方是做不出實體來的。E．T．忽然冒出來，說：「不好意思，你的儲藏室的東西借我用幾件好嗎？」時，必須要有「好啊，隨便你用。」像這樣能立刻打開門讓人家看，經常儲備庫存的「雜物」。

最初要寫小說時，到底該寫什麼才好？腦子裡完全浮不起任何想法。我不像父母的世代那樣經歷過戰爭，也不像上一世代的人那樣擁有戰後混亂和飢餓的經驗，沒有革命的經驗（類似革命的經驗倒有，但那不值一提），也沒有受過激烈虐待或歧視的記憶。在相對安穩的郊外住宅區，普通上班族的家庭長大，沒有特別不滿或不足，就算沒有特別幸福，也沒有特別不幸（這麼說來應該算是相對幸福吧），度過沒什麼特徵的平凡少年時代。學校成績也不怎麼亮眼，但也沒特別差。環視周圍卻找不到「只有這個無論如何一定要寫下來才行！」的東西。不是沒有想寫什麼的創作慾望，卻沒有想寫這個的眞實材料。因此，在迎接二十九歲之前，我沒有想過自己會開始寫小說。既沒有該寫的材料，也不具備能從毫無材料之中開創什麼的才華。對我來說，小說就只是讀的東西而已。所以我讀了相當多小說，但自己有一天也會來寫小說這種事，實在無法想像。

我在想，這種狀況，對當今年輕世代的人來說，大體上好像也相同。或者說，和我們年輕時候相比，「可寫的東西」也許變得更少了。那麼，這種時候該怎麼辦才好？

這只能以「E．T．方式」去做了，我想。打開裡面的儲藏室，將就著從那裡頭有的東西——就算只看到實在一點都不起眼的跟垃圾一樣的東西也好

——總之抓幾件出來，接下來，只能努力地研一下施加魔法了。除此之外，我們沒有辦法和其他星球取得聯繫。總之以現成湊合的東西，能多努力就多努力看看，只能這樣。不過如果你做到了的話，將可以獲得很大的可能性。那就表示，你會使用魔法了這個美麗的事實（對，你能寫小說這件事，就等於你能和其他星球的人取得聯繫這件事。眞的！）

我在準備要寫第一本小說《聽風的歌》時，痛切地感受到「這本，只能寫沒有什麼可寫的事吧」。不如說，只能把「沒什麼可寫」這件事反過來當武器，從這地方開始讓小說進行下去。如果不這樣，就沒有手段可以對抗先行世代的作家們了。總之就把有的東西湊起來，開始編故事吧。

爲了這樣做，必須要有新的語言和文體。必須作出到目前爲止的作家沒有用過的載體＝語言和文體才行。不處理戰爭、革命和飢餓，這類沉重問題（處理不了）的話，必然就要處理比較輕的材料，因此無論如何都需要既輕量又敏銳且具有機動性的載體。

經過幾次錯誤的嘗試之後（關於這些嘗試錯誤，在本書第二回已經寫過），我總算成功地打造出堪用的日語文體。雖然不完全，是臨時湊合的，還到處出現破綻，不過因爲這是自己有生以來第一次寫的小說，所以沒辦法。缺點等以後——如果有以後的話——再一點一點修正就行了。

在這裡我特別用心的地方，首先是「不說明」這件事。取而代之的是把各種片段性的插曲或印象或光景或語言，紛紛往小說這個容器中丟進去。把那立體地組合起來。而且那組合必須要在和世間的邏輯和文壇慣用的成語無關的場所進行才行。那是基本方案。

在這樣的作業進行時，音樂比什麼都有用。我就是採用演奏音樂那樣的要領，繼續寫作我的文章。主要是爵士樂，功效最大。正如您所知道的，對爵士樂來說最重要的是節奏。必須始終保持確切而堅實的節奏才行。否則聽衆不會買單。其次是 chord（和音）。或許也可以換一個說法叫 harmony・調和、協調。美麗的和音、混濁的和音、衍生性的和音、省略基礎音的和音。巴德・鮑威爾的和音、瑟隆尼斯・孟克的和音、比爾・伊文斯的和音、賀比・漢考克的和音。有各種和音。大家都同樣使用88鍵的鋼琴演奏，但不同人和音的聲響卻那樣不同，到令人吃驚的地步。而且這個事實，帶給我們一個重要的啓示。也就是就算只能用有限的材料創作故事，其中還是存在著無限的——或接近無限的——可能性。「鍵盤只有88鍵，所以鋼琴已經無法彈出新東西了」，沒這回事。

然後最後 free improvisation 來了。就是自由的即興演奏。也就是爵士音樂成立的主幹。在扎實的旋律與和音（或和音的結構）之上，自由地交織聲音。

我無法演奏樂器。至少無法彈奏到能讓別人聽的程度。不過卻只有強烈想演奏音樂的心情。所以只要像演奏音樂那樣地寫文章就行了，這是我最初的想法。而且那種心情到現在依然還繼續不變。像這樣一邊敲著鍵盤，我經常都在其中尋找正確的旋律，相應的聲響和音色。這對我的文章來說，已經成爲不變的重大要素了。

我（從自己的經驗）這樣想，從「沒有任何可寫的東西」的地方出發的情況，引擎要能發動得起來一定不容易，不過載體一旦獲得啓動力開始往前進，以後反而變得輕鬆。爲什麼？因爲既然「沒有可寫的東西」換句話說，也意味著「可以自由地寫什麼都可以」。假如你手上有的是「輕量級」材料，即使量也有限，只要懂得組合的魔法，我們就能創造出無限多的故事來。如果你很熟練那作業的話，而且沒有失去健全的野心的話，就能從那裡建構出驚人的「沉重而深刻的東西」。

相較之下，從一開始手上就握有沉重材料出發的作家們，當然不一定都會如此，不過是否也有這個可能，從某個時間點開始，逐漸出現「敗在沈重」的傾向。例如從寫戰爭經驗出發的作家們，從各個角度發表了幾部作品，之後或多或少會遇到「接下來要寫什麼才好？」的問題，似乎多半被逼到暫時停筆的狀況。當然也有在這裡乾脆轉向，掌握新主題，以作家來說更成長下去的。也有很遺憾，無法適當轉向，而逐漸失去力道的作家。

海明威無疑是二十世紀最具影響力的作家之一，但他的作品所謂「以初期為佳」，似乎成為世間的定論。在他的作品中，我也最喜歡最初的兩本《太陽依舊升起》《戰地春夢》，和有尼克．亞當斯出現的早期短篇小說。書中有令人倒吸一口氣般美好的氣勢。到了後期的作品，雖然依舊高明，但以小說的潛在力量則有幾分減弱，文章的新鮮感似乎也不如以前。我推測那可能是因為海明威是從素材中獲得力量，寫出故事的作家類型。可能因此而主動參加戰爭（第一次世界大戰、西班牙內戰、第二次世界大戰）、到非洲狩獵、到處去釣魚、還去鬥牛等，繼續過著這種生活。可能經常需要外在的刺激。那樣的生活已成為一種傳說，但隨著年齡的增加，經驗所給予的動能，終究會逐漸下降。當然是否因為這樣，只有他本人才知道。不過海明威在獲得諾貝爾文學獎（一九五四年）後，卻常酗酒，一九六一年在聲望的頂點自絕生命。

相較之下，不依賴素材的重，而能從自己的內在編出故事的作家，或許反而輕鬆。以自己周圍自然發生的事，日常眼睛所見到的光景，平常生活中所遇到的各種人當素材，納入自己的庫存資料，驅使想像力，只要根據那些素材，編織出自己的故事就行了。對，這可以說像是「自然再生能源」的東西。既沒有必要特地到戰場去，沒有必要去體驗鬥牛，也沒有必要去射擊獵豹和美洲豹。

被誤解也傷腦筋，我並不是說戰爭和鬥牛或打獵之類的經驗沒有意義。當然有意義。無論什麼事情，去體驗對作家來說都是非常重要的事。我個人想說的只是，即使沒有這種充滿活力的動態經驗的人，也可以寫小說而已。無論從多小的經驗，人只要想做都可以發出驚人的力量。

有所謂「木沉、石浮」的表現法。雖然是指平常不可能發生的事也會發生，在小說的世界——或許也可以換成在藝術的世界——現實上往往會發生這種逆轉現象。世間一般被視爲輕的東西，隨著時間經過，卻獲得無法忽視的重量。一般被想成重的東西，不知不覺間卻失去那重量而骨架化。持續不斷的創造性是眼睛看不見的力量，能獲得時間的幫助，會帶來那樣激烈的逆轉。

因此認爲「自己沒有可以寫小說的必要題材」的人，也不必放棄。你應該也知道只要觀點稍微改變一下，想法轉換一下，材料其實就滾落在你身邊，俯拾皆是．正等待你的眼光轉過來，手撿起來，並加以利用。說起來人的行爲，無論看來是多麼無聊的東西，事後卻會不斷地自然產生那種深具趣味的東西。這裡最重要的事，之前好像重複說過，就是「不要失去健全的野心」。這是關鍵。

我向來主張：世代之間沒有優劣之分。絕對不會有某一個世代比另一個世代優秀，或低劣的情況。世間往往會做老套的世代批評論之類的事。我確信那是完全無意義的空論。每一個世代之間既沒有優劣，也沒有上下。當然傾向或方向性方面可能分別有差異。但質量本身則毫無差別。或者沒有值得特別拿來當成問題的差別。

以具體例子來說，例如今天的年輕世代，關於漢字的讀寫能力方面比先行世代可能低落幾分（事實如何並不明確）。然而，電腦語言的理解處理能力方面卻毫無疑問比較優異。我想說的是這種事情。各有擅長的領域，和不擅長的領域。只有這樣而已。那麼，各個世代在面臨要創造什麼的時候，只要分別往「擅長領域」勇往直前地推進就行了。把自己擅長的、得意的語言當成武器，把自己眼裡看得最清楚的東西，以自己容易使用的語言繼續記述下去就行了。沒有必要對其他世代感到自卑。或奇怪地擁有優越感。

我開始寫小說是三十五年前的事了，當時常常受到先行世代的嚴厲批評「這種東西不是小說」「這種東西不能稱爲文學」。那種狀況感覺相當沉重（不如說，鬱悶），因此我有很長期間離開日本到外國去住，在沒有雜音的、安靜的地方隨自己高興地寫小說。不過在那之間，我完全沒有想過自己或許錯了，也沒有特別感到不安之類的。「我眞的只會這樣寫，就只好這樣寫不是嗎？那有什麼不可以！」於是我想開了。現在或許確實還不成熟，但不久之後應該可以寫出更像樣，品質更高的作品。而且那時候時代可能也已經變了，我相信應該可以確實證明，自己一直以來所做的事並沒有錯。雖然聽起來好像很厚臉皮。

那事實上有沒有被證明，現在試著這樣轉一圈看看，自己還是不太清楚。到底怎麼樣呢？在文學上，可能永遠無法證明什麼。這暫且不提。三十五年前和現在，自己所做的事基本上沒錯的信念，幾乎沒有動搖。再經過三十五年，可能又會產生新的狀況也不一定，不過要親眼看到始末，從年齡上看來好像有點困難。請哪一位代替我看看吧。

在這裡我想說的是，新的世代有新的世代固有的小說材料，從那材料的形狀和重量倒算一下，再設定要搬運那個的載體（運輸工具）的形狀和機能。然後從那材料和載體的相關性，從那接面的方式，來產生小說的「現實」這東西。

任何時代，任何世代，都各有他們固有的現實。雖然如此對小說家來說，細心地收集、蓄積故事所需要的材料，這個作業依然是極重要的，我想這個事實，恐怕在任何時代都不會改變。

如果你有志想寫小說，請用心注意地環視周圍看看——這就是我這次談話的結論。世界看起來好像很無聊，其實卻充滿了許多有魅力的、謎樣的原石。所謂小說家就是擁有能看出原石的眼睛的一些人。還有一件很棒的事，那些都是**免費的**。你如果擁有一對準確的眼睛的話，就可以盡情地選擇、盡情地撿拾那些貴重的原石。

這麼美好的職業，應該很難再找到了吧？

第六回

和時間為友——寫長篇小說

前前後後三十五年多以來，我都是以職業作家的身份持續活動著，在這期間寫了各種形式、各種長短的小說。有長到不得不分冊的長篇小說（例如《1Q84》），有長度可以收在一冊的長篇小說（例如《黑夜之後》），有所謂短篇小說，還有極短的短篇（掌篇）小說等。如果以艦隊來比喻的話，從戰艦、巡洋艦、驅逐艦、到潛水艇，各種船艦大概都齊全了（當然我的小說沒有攻擊的意圖）。每一艘船，各具機能，各有任務。整體而言，配置在能巧妙互補的位置上。要採取多長的形式來寫小說，就依當時的心情而定，並不是像輪流的順序般，規則地循環，而是依照心的動向，始終順其自然地走。「差不多該寫長篇了」或「又開始想寫短篇了」，因應不同時期心的動向，或要求，如同自由選擇容器那樣去做。在選的時候，絕對不會有猶豫的情況。可以明確判斷「今天就這個」。當寫短篇的時期來了，就不會去注意其他事情，專心寫短篇小說。

不過基本上，或者說最後，我還是將自己視爲「長篇小說作家」。雖然我也分別很喜歡寫短篇小說和中篇小說，寫的時候當然是著迷地寫著，完成的作品自己也都很喜愛，不過，我還是認為長篇小說才是自己的主戰場，自己身為作家的特質、風格之類的，應該在這方面最能明確地——或以最佳形式——呈現出來（即使有人不以為然，我也完全不打算反駁）。我本來就屬於長距離跑者的體質，因此要好好把各種事物綜合地、立體地建構起來，某種程度上需要大量的時間和距離。要做真正想做的事情時，就像飛機般，需要夠長的跑道。

至於短篇小說，則是為了長篇小說中無法適當完全掌握的細部，或搭載不完的部分，可改用靈活而敏捷的載具。在這裡無論文章上或故事情節上，都可以放膽去做各種實驗，也可以採取唯有短篇這種形式才能處理的素材類別。也可以（如果順利的話）把我心中存在的各種方面，簡直像用細網撈捕微妙的影子般，咻一下就將那依原樣化為具體形象。不必花太多時間就可以寫完。只要想寫也不需要做任何準備。甚至像一筆畫那樣沙沙沙幾天內一氣呵成都有可能。有的時期，我會非常需要這種一身輕的、變化無窮的形式。但是——這發言是只對我而言才成立的條件——短篇小說這種形式，卻不具備足夠的空間，讓自己盡情傾注所擁有的東西。

一旦想寫對自己有重要意義的小說時，換句話說，想建構「或許能讓自己產生變革的綜合性故事」時，我需要可以無拘無束、自由使用的寬闊空間。首先確認能確保這樣的空間，看準自己體內已經累積夠了足以填滿那空間的能量之後，說起來才能把水龍頭開到底，開始動手做長期持續的巨大工程。那時候所感覺到的充實感，是任何東西都無法替代的。那是只有開始寫長篇小說時才會感覺得到，特別不一樣的心情。

這樣想的話，唯有長篇小說才是我的生命線，短篇小說和中篇小說，說得極端一點，是爲了寫長篇小說的重要練習場，也可以說是有效的踏腳石。我想可能像在一萬公尺和五千公尺的場地賽時，雖然會分別留下紀錄，但重心還是放在全程馬拉松上的長距離跑者那樣。

因此，這次我想來談寫長篇小說的作業。或者說，想以寫長篇小說為例，來具體談談我是以什麼方式寫小說的。雖然一句話說是長篇小說，但就如每一部小說的內容都不同那樣，執筆方法，工作場所，所需期間也分別不同。雖然如此，基本順序和規則之類的——終究在自己的印象中——梗概幾乎沒變。對我來說，那可以稱為「照常營業」（business as usual）。或者可以說，把自己放進這種固定模式中，藉著確定生活和工作的周期，才可能寫長篇小說。因為是需要超乎尋常能量的長期工程，因此首先就要把自己的身體態勢確實固守好。不然，說不定中途就後繼無力而功虧一簣了。

寫長篇小說的情況，我首先（比喻來說）會把書桌上的東西整理得乾乾淨淨。先整頓好「除了小說其他一概不寫」的態勢。如果那時去寫連載隨筆的話，就會在這裡一度中斷。中途插進來的工作，也是非不得已不接。因為我的個性是一旦開始認真做起什麼，就無法顧及其他事情。沒有截稿期的翻譯工作，我常常會按自己的步調，同時進行，但這與其說是為了生活，不如說是為了轉換心情。因為翻譯基本上是技術性作業，和寫小說用的腦部位不同。因此不會造成寫小說的負擔。就如肌肉拉筋那樣，搭配著做這種作業，對於取得腦筋的平衡，或許反而有益。

「你說得倒輕鬆，但為了生活，還是必須接其他零星工作吧？」或許有同行會這樣說。在寫長篇小說期間，要靠什麼生活呢？我在這裡所談的到底只是我自己所採取的方式。如果能從出版社預支稿費就好了，但日本卻沒有預支稿費的制度，撰寫長篇小說期間，可能也不會提供生活費。若只提個人的情況，我從書還賣得不太好的時期開始，就一直以這樣的方式寫長篇小說了。為了賺生活費，平常則做和寫作完全無關的其他工作（接近體力勞動的工作）。不過原則上不接受邀稿而寫的工作。除了在事業初期階段的少數例外（當時，還沒有確立自己的執筆風格，有過幾次試行錯誤的經驗），基本上寫小說時，只寫小說。

我從某個時期開始，長篇小說變成在國外寫比較多，因為在日本無論如何會有各種雜事（雜音）進來。去到國外之後，不必考慮多餘的事可以專心執筆。尤其我的情況，在開始寫的時期——爲了長篇小說的執筆必須先固定生活模式的重要時期——好像還是離開日本比較好。第一次離開日本是八〇年代的後半，當時還會猶豫。「這樣做，眞的活得下去嗎？」還很不安。我雖然算是厚臉皮，但還是需要有背水一戰、破釜沉舟般的決心。我先約好寫遊記，勉強從出版社預領一些預付稿費（那就成爲後來的《遠方的鼓聲》），因爲基本上必須能靠存款生活下去才行。

但決心豁出去，追求新的可能性，以我的情況來說似乎產生了好的結果。滯留歐洲期間所寫的《挪威的森林》這本小說碰巧（出乎意料之外）暢銷，生活暫且安定下來，長期繼續寫小說的類似個人寫作模式，也總算可以確定下來。在這層意義上我想自己很幸運。不過，這樣說聽起來或許顯得傲慢，但事情絕對不能只靠幸運。其中畢竟還有我的決心，和態度的大轉變。

寫長篇小說時，自己規定一天四百字稿紙估計要寫十頁左右。以我的麥金塔電腦螢幕來說，大約是兩個半畫面，但以向來的習慣還是以四百字稿紙來計算。想寫更多時也在十頁左右就停下，覺得今天好像不太順時，也想辦法努力寫到十頁。因爲做長期工作時，規律性會具有重要意義。能寫的時候順著氣勢寫很多，寫不出來時就休息的話，就無法產生規律性。因此就像打卡般，一天都幾乎正好寫十頁。

這不是藝術家做的事。這不是跟工廠一樣嗎？可能有人會這樣說。是的，或許確實不是藝術家做的事。但爲什麼小說家不是藝術家就不行呢？到底是誰什麼時候規定的？沒人規定吧。我們只要依自己想做的方式寫小說就行了。重要的是，如果心想「不必當藝術家也沒關係」，心情就忽然變得輕鬆起來。小說家這種人，在成爲藝術家之前，應該是個自由人。喜歡的事情，在喜歡的時間，依喜歡的方法去做，這對我來說是自由人的定義。與其當上藝術家卻要在意世間的眼光，穿上不自由的武士禮服，不如當一個普普通通到處可見的自由人更好。

丹麥女作家伊薩克・狄尼森（Isak Dinesen）說，「我沒有希望，也沒有絕望，每天各寫一點。」就像這樣，我每天寫十頁稿紙。非常淡泊。「沒有希望，也沒有絕望」，說得眞妙。早晨早起，泡咖啡，面對書桌，四小時到五小時。一天如果寫十頁稿紙，一個月就寫三百頁。單純地計算，半年就能寫一千八百頁。若舉具體例子來說，《海邊的卡夫卡》這部作品的初稿是一千八百頁。這部小說主要是在夏威夷的可愛島（Kauai 或譯考艾島）北岸寫的。那裡眞是什麼都沒有的地方，而且常常下雨，拜此之賜工作順利進展。四月初開始寫，十月寫完。和職業棒球賽的開幕同時開始寫，冠軍賽開始時寫完，因此記得很清楚。那一年在野村總教練的領導下，養樂多燕子隊獲得冠軍。我多年來就是養樂多隊迷，所以養樂多隊奪冠，小說也寫完了，我記得感覺非常開心。雖然人一直在可愛島，例行賽時不太能去神宮球場覺得很遺憾。

不過長篇小說的執筆和棒球不同，一旦寫完之後，又要開始另一場競賽。

如果讓我來說的話，現在開始才眞正是值得花時間的美味部分。

第一次初稿完成後，稍微放一段時間，喘一口氣（依每次情況而別，大約休息一星期左右），開始進入第一次改寫。總之我會從頭開始全部放手改寫。在這裡會相當大幅度地整體改動。不管那是多長的小說，結構多複雜的小說，我都不會先做計劃，也不知道故事的發展和結束，而是順其自然，想到什麼就讓故事即興地發展下去。因爲這樣寫絕對很有趣。不過採取這種寫法時，結果會出現很多矛盾的地方，不合理的地方。出場人物的設定和性格，中途也可能忽然大大改變。時間的設定也會前後不一致。這種錯誤的地方必須一一調整，改成整體合理的故事才行。完全削除的份量相當大，讓有的部分膨脹起來，並到處添加一些新小插曲。

像在寫《發條鳥年代記》時那樣，自己判斷「這個部分整體看來不太協調」，就把幾章完全削除，以削除的部分爲基礎，構成全新的另一部小說

（《國境之南．太陽之西》），也有這樣的情況。不過這是相當極端的例子，大多時候削除的部分就那樣削除後不見了。

一般來說，重新改寫大概要花一個月到兩個月時間。結束後，再擱置一星期左右，進入第二次改寫。這也是從頭開始大量的重寫。只是這次會著眼在更細的地方，仔細重寫下去。例如風景的描寫細細加筆，對話的調子重新調整。檢查情節的展開有沒有不合適的地方，猛一讀不容易了解的部分改成容易了解，故事的推進調整得更流暢自然。不是動大手術，而是細微手術的累積。結束之後，再稍微休息，又開始下一次的改寫。這次與其說是手術，不如說更接近修正作業。在這個階段，最重要的是看清楚小說的展開中，哪個部份螺絲該鎖緊，哪個部份螺絲該稍微轉鬆。

長篇小說名副其實是「長話」，如果每顆螺絲都鎖得緊緊的話，讀者會喘不過氣來。在一些地方讓文章的行進緩和一點也很重要。這方面的呼吸一定要能讀出來。讓整體和細部能有良好的平衡。從這個觀點進行文章的細微調整。

有時有的評論家會挑出長篇小說的一部分加以批評「不可以寫這麼鬆散的文章」，但我認爲這行爲並不公平。因爲，長篇小說這種東西——就像活生生的人一樣——也需要某種程度鬆散、和緩的部分。正因爲有這個部分，緊張收縮的部分才能發揮適當的效果。

大致在這前後，我會做一次較長的休息。可能的話把作品收進抽屜半個月到一個月左右。甚至忘記有這東西存在。或努力忘記。在那之間去旅行，或專心做翻譯工作。寫長篇小說時，工作的時間固然重要，但什麼也不做的時間也具有同樣重要的意義。比方工廠的製作過程、或建築工地，就有所謂「養生」的階段。讓產品和素材「睡覺」。只是放著不動，讓空氣流通，或讓內部確實凝固。小說也一樣。這養生如果不好好做的話，會出現生澀乾硬易脆的東西，或組成不均勻的東西。

如此讓作品好好熟睡過之後，再度進入細部的徹底修改。充分熟睡之後的作品，會帶給我和以前相當不同的印象。以前看不見的缺點也能清楚看見了。

可以分得出有沒有深度。就像作品「養生」了那樣，我的頭腦也同樣好好的「養生」了。

好好養生過之後，某種程度也改寫過了。這個階段意義重大的是，第三者的意見。依照我的情況，當作品某種程度成形時，我會先把原稿給妻子讀。這是從我當上作家的幾乎最初階段開始，就一貫繼續的事情。她的意見對我來說，可以說有如音樂的「基準音」一般。就像我們家舊的揚聲器（抱歉）那樣。所有各種音樂我都透過這個喇叭來聽。並不是特別豪華的喇叭。一九七〇年代買的 JBL 的 SYSTEM，體積雖然大，但與現代最新的高級喇叭相比，出來的音域相當有限。音的分離也不算多好。可以說，像骨董品一樣。不過我向來就以這套喇叭系統，聽遍各種類別的所有音樂，因此從那裡出來的音，對我來說已經成爲音樂再生音的基準。我已經習慣了。

我這樣說，可能有人會生氣，不過出版社的編輯，在日本的情況，雖說是專門職，但終究是上班族，分別屬於各個公司，可能什麼時候會調職。當然也有例外，不過大多是由上面指派「你來負責這位作家」，於是成爲責任編輯，無法預測能相處到多親的地步。這一點，妻子不管好壞，總是不會換的。我所謂的「觀測定點」，是指這個意思。因爲長年相處，所以大概可以理解「這個人有這樣的感想，在這個意義上，是從這種地方來的」之類微妙的地方（我說大概，是因爲理論上對妻子也不可能完全了解）。

不過，對方說的話是不是就那樣完全聽進去呢？不會。這邊花了很長時間，才剛剛寫完長長的小說，雖說經過養生，多少冷靜下來。但腦子裡還相當程度充滿熱血，聽到批判的話時，會不高興。也容易激動。甚至會開始激烈爭論。如果對象是編輯這樣的外人，因爲彼此都無法開門見山說太重的話，所以這方面或許可以說是家人的優點。我在現實生活中並不是一個特別容易情緒化的人，但在這個階段卻某種程度有不得不情緒化的地方。因爲，有必要把情緒一度釋放出來。

對於她的批評，有的我也覺得「確實是這樣」「或許是這樣」。有時要花幾天時間才能這樣同意。有時則會覺得「不，沒這回事。還是我的想法才對」。不過像這種「導入第三者」的過程，我有一條個人的規則。那就是「如果有被挑剔的部分，無論如何都要重新改寫」。就算不同意那批評，總之如果有被提出意見的部分，那裡就會從頭改寫。無法同意那意見時，我有時也會往和對方的建議完全不同的方向去改寫。

不過無論朝哪個方向，我都會全力改寫那個部分，再重新讀看看，我發現那個部分幾乎都會改得比原來的好。我想，讀的人對某個部分有什麼意見時，不管那意見的方向如何，其中多半含有某種問題。換句話說因爲那個部分，小說的流勢，或多或少會被堵塞住。於是我的工作就是要把那堵塞去除。要如何去除，由作家自己決定就行了。就算自己心想「這寫得很完美呀。沒有必要改寫」，還是會默默在書桌前坐下，總之會改寫。爲什麼呢？因爲實際上不可能有「寫得完美的」文章。

這次的改寫沒有必要從頭開始依順序做下去。只針對構成問題的部分，被批評的部分，集中改寫。把改寫的部分再讓她讀一次，對那個再討論，有必要時再改寫。再讓她讀，還不滿意的話，再改寫。然後某種程度解決後，要再從頭改寫、調整，確認整體順不順。因爲很多部分做過細微修改，如果整體的調子亂掉了，也要修正。這時才第一次請編輯正式讀。在這個時間點，頭腦的過熱狀態某種程度已經消解了，因此對編輯的反應，也能適度冷靜客觀地對應。

有一件有趣的事。一九八〇年代末尾，我在寫《舞・舞・舞》這部長篇小說時。我第一次用文字處理機（富士通的攜帶式機型）寫。大部分是在羅馬的公寓寫的，但最後部分則移到倫敦寫。寫好的原稿存到磁碟片裡，我帶著轉到倫敦去。但我到倫敦住定下來後，打開一看，有一章完全消失了。當時因爲還沒用慣文字處理機，所以可能操作錯誤。啊，這是經常會有的事。當然非常氣餒。深受打擊。因爲是很長的一章，而且還自豪地想「這裡自己都覺得寫得好」。實在無法輕易放棄地說「啊，這是經常會有的事。」

不過總不能一直搖頭嘆氣下去。我重新振作起來，一邊回想著幾星期前才煞費苦心寫出來的文章「嗯，是這樣吧……」一邊重新寫過。於是那一章總算又復活了。然而，當那本小說印成書發行後，原來去向不明的那一章卻忽然現身了。原來被誤存進完全沒想到的檔案夾裡了。這也眞是經常會有的事。於是一邊擔心「唉，眞傷腦筋，如果這邊的寫得比較好怎麼辦」一邊重讀看看，以結論來說，後來寫的版本顯然比較優。

在這裡我想說的是，無論什麼樣的文章，一定都還有改良的餘地。無論本人如何認爲「寫得好」「眞完美」，都還有更進步的可能性。因此我在重寫的階段，會注意盡量捨棄自尊和自負之類的想法，讓頭腦的火熱適度冷卻。不過頭腦的火熱過度冷卻時，就不可能進行重寫這件事，因此某種程度不得不注意。而且要鍛鍊出能經得起外界批評的態度。不管被說什麼樣無趣的話，都要盡量忍耐全部一口吞下。作品出版後的評論要保持自己的步調，適度聽聽就算了。如果一一去在意的話，身子會受不了（眞的）。不過正在寫作品的時候，周圍的批評、建議，要盡量虛心而謙虛地接受才好。這是我從以前到現在的一貫主張。

我身爲小說家長久工作到現在，老實說負責的編輯之中，也有感覺「好像有點不合適」的人。以人來說是不壞的人，對其他作家來說或許是好編輯，但要擔任我作品的編輯卻好像不太適合。從這種人口中說出的意見，很多地方讓我覺得有點不解，有時（老實說）讓我覺得不太愉快。有時甚至感到焦躁。不過彼此都爲了工作，所以只好適度互相配合。

這是在寫某一部長篇小說時的事，我在寫原稿的階段，「不太合」的編輯有意見的地方都重寫了。只是大半和那個人的建議往完全相反的方向改寫。例如他說「這裡加長會比較好」的部分就縮短，說「這裡縮短比較好」的地方卻加長。現在想起來做法相當亂來，雖然如此，那改寫的結果卻很順利。我想作品因此而變得比較出色了。換句話說這雖然是反論，但那位編輯對我來說其實是有用的編輯。至少比只會「甜言蜜語」的編輯幫助更多。我這樣想。

換句話說，重要的是重新改寫這行爲本身。作家決心「這裡要改寫得更好」，在書桌前坐下，開始動手修文章，這種姿勢本身就擁有比什麼都重要的意義。相較之下，或許「如何改寫」的方向性問題，反倒是其次了。許多情況下，作家的本能和直覺，不是從理論中，而是從決心中更能有效引出來。就像用棒子敲打草叢，讓躲在裡面的鳥飛起來那樣。不管用什麼樣的棒子敲，如何敲法，結果沒有多大的差別。總之只要能讓鳥飛起來，就行了。鳥的動向不定，會搖晃趨近固定方向的視野。這是我的意見。不過，或許是相當粗魯的意見。

總之要盡量花時間在改寫上。要傾聽周圍人的建議（不管生不生氣），把這放在心上，參考著重新寫下去。旁人的意見很重要。長篇小說寫完後，作家幾乎都會腦袋充血，腦漿過熱而失去理智。爲什麼呢？因爲冷靜的人首先就不會去寫什麼長篇小說。因此失去理智本身並沒有什麼問題，雖然如此對於「自己某種程度失去理智」這件事必須先要有自覺。而對失去理智的人來說，清醒的旁人的意見大多是重要的。

當然旁人的意見也不能囫圇吞下。其中或許也有離譜的意見，或不恰當的意見。但無論什麼樣的意見，只要是清醒的，其中應該就含有某種意義。這些意見，可能會引導你的頭腦稍微冷卻下來，恢復適當的溫度。他們的意見也就代表世間，因爲讀你的書的終究是世間的人。如果你忽視世間的話，恐怕世間也會同樣忽視你。當然如果你說「那也無所謂」的話，那我也完全沒關係。但如果你是想和世間某種程度維持正常關係的作家的話（可能大部分是這樣），能在周圍確保一個，或兩個能讀你作品的「定點」是很重要的事。當然那定點必須是能坦白而直率地向你陳述感想的人。就算每次接受批評都會火大。

要重寫幾次？這個問題我也不知道正確答案。在原稿階段已經改寫過無數次，交給出版社排成校樣之後，還會請求重出校樣好幾次，多到讓對方不耐煩的地步。校樣改得一團黑送回去，新送來的校稿又改得一團黑，這樣反覆來回。就像前面說過的那樣，這是需要耐心的作業。但對我來說並不覺得辛苦。同樣的文章反覆重讀幾次，確認音調，更換字句的順序，變更細微的表現，我從根本喜歡這種「鐵鎚工作」。眼看著校樣變得一團黑，桌上排的十根左右的ＨＢ鉛筆漸漸變短，感覺非常開心。也不知道爲什麼，這種工作對我來說有趣得不得了。做多久都毫不厭倦。

我所敬愛的作家，瑞蒙・卡佛也是喜歡這種「鐵鎚工作」的作家之一。他以引用其他作家字句的方式，這樣寫道：「寫一篇短篇小說，慢慢仔細重讀，拿掉幾個逗號，然後再重讀一次，再把逗號放回原來的位置時，我知道這短篇小說完成了」。那種心情我也非常了解。因爲同樣的事情，我自己也經驗過無數次。到這個地步是極限了。再改寫下去，可能反而不妙，有這樣微妙的一點。他以逗號的取捨爲例，精確地指出那一點。

就這樣，我的長篇小說完成了。人有各種，有的喜歡，有的不太喜歡。我自己，對過去所寫的作品，絕對不算滿意。也會深深感覺「如果是現在可以寫得更好」。重讀時會看見到處是缺點，因此除非有特別必要，否則不會拿起自己所寫的書。

不過在寫那部作品的時候，一定是已經無法寫得更好了，基本上我這樣想。因爲自己知道，在**那個時間點**自己已經盡了全力。盡量花很長時間，毫不吝惜地投入所有的能量，完成作品。說起來是耗盡「總力戰」去戰鬥。到現在自己身上還留下這種「使盡全力」的手感。至少以長篇小說來說，我既沒有因爲接受邀稿而寫，也沒有被截稿時間逼迫。而是把自己想寫的事，在想寫的時候，以想寫的方式寫下。只有這一點我有自信可以斷言。因此絕對不會在日後後悔「那個地方如果這樣寫就好了」。

時間，是在創作作品上非常重要的要素。尤其長篇小說，「醞釀」比什麼都重要。這是在自己心中培養起來的小說的新芽，讓它茁壯的「沉默期間」。在自己心中培養出「想寫小說」的心情。這種醞釀所花的時間，將那化爲具體形式的期間，把成形的東西放在陰涼的地方慢慢「養生」的期間，把那拿到外面讓自然光曝曬，把凝固變硬的東西仔細檢查，再用鐵槌敲打下去的時間……像這樣的每一個過程，是否都一一充分花夠了時間，這只有作家可以實際感覺到。而且那樣作業的每一個步驟，所花時間的品質一定會化爲作品的「認可度」呈現出來。雖然眼睛或許看不見，卻會在那裡產生明顯的差異。

舉身邊的例子來說，這就類似是溫泉的熱水還是家庭浴室的熱水的差異那樣。泡溫泉時，就算水溫低，暖意還是會一點一點滲透到身體深處，走出浴池之後，那溫暖還不會涼掉。但家庭浴室的洗澡水，卻浸不到身體的深處，從澡缸一出來身體立刻就涼掉。我想這是大家可能都有的經驗。大多的日本人泡溫泉時，都會放鬆一口氣，「嗯，是啊，這就是溫泉的熱水呀」全身肌膚都能完全感受到，但對一輩子從來沒泡過溫泉的人，要用言語正確表現這種眞實感卻不簡單。

出色的小說，和出色的音樂，似乎也有這般類似的地方。溫泉的湯和家庭浴室的熱水，以溫度計測量就算溫度一樣，實際赤裸地泡進去時，卻知道不一樣。肌膚可以確實感覺到。但那種眞實感卻難以言語形容。只能說出類似「啊，全身都感覺到了噢。就是這個。不過我不會形容」的話。「但溫度的數字卻一樣，是心理作用吧」。被這麼一說——至少像我這樣沒有科學知識的人——就無法有效反駁。

因此我在自己的作品出版之後，無論受到多麼嚴厲——預料不到的嚴厲——批評，都可以想成「不過，這也沒辦法」。因爲對我來說，有「做了該做的事」的眞實感。在醞釀和養生上都花了時間，推敲修改的鐵鎚工作也花了時間。所以怎麼被批評，都絕對不會因此而氣餒，或失去自信。當然偶爾也會感到有點不愉快，不過沒什麼大不了。因爲自己相信「用時間贏得的東西，應該可以靠時間來證明」。而且世上也有唯有時間才能證明的東西。如果自己心中沒有這樣的確信的話，無論臉皮多厚的我，或許也會情緒低落。不過只要有「該做的事都確實做好了」的明確手感，基本上什麼都不用怕。其他的事只要交到時間的手上就行了。珍惜時間，愼重地、禮貌地對待時間，就等於是把時間拉攏過來當成夥伴。就像對待女人一樣。

前面提過的瑞蒙・卡佛，在一篇隨筆上這樣寫過。

「『如果有時間的話應該可以寫出更好的東西』，聽到一位寫文章的朋友這樣說，我簡直嚇破了膽。（中略）現在回想起當時的事都很愕然。（中略）如果所寫的故事，不是竭盡力量所寫的最佳成品的話，爲什麼要寫小說呢？畢竟我們能帶進墳墓裡的，也就只有竭盡所能達到的滿足感，費盡心力工作的證據而已。我想對那位朋友這樣說。我不會怪你，不過你還是去找別的工作比較好。同樣是爲了生活而賺錢，世上應該還有其他更簡單，可能也更誠實的工作。要不然，就把你的能力和才華盡全力發揮去寫文章。而且不要爲自己辯解，自我正當化。不要抱怨。不要找藉口。」（拙譯《關於寫作》）

以平常敦厚的卡佛來說，難得言詞如此嚴厲，不過他說的意思，我也全面贊成。我不太清楚現在這時代的事，但從前的作家之中，好像有不少人會發出「不被截稿期所逼，我就寫不出小說」這種豪語的。雖然很有「文士」氣息，或風格，相當帥氣，不過這種被時間所逼，倉促的寫法，是不能夠永遠持續的。年輕時候就算順利，而且某個時期這種方式也能寫出優秀作品，但以更長期間來俯瞰時，隨著時間的過去風格便不可思議地瘦弱下去，會有這種印象。

要把時間拉到自己的陣營，某種程度必須能依自己的意志控制時間才行，這是我的主張。不能老是被時間控制。那樣會變成被動。有一句諺語說「歲月不等人」，但如果不打算讓對方等的話，在確實了解那個事實之後，只好自己先積極主動擬定時間表。換句話說不要變被動，要自己積極主動有計畫地去做。

自己寫的作品是否優秀，如果優秀的話有多優秀的程度，這個我不知道。或者說，這種事情不該由自己開口多說。不用說，爲作品下判斷的，應該是每一位讀者。而讓那價值明朗化的則是時間。作者只能默默地接受。以現在的時間點可以說的是，我在寫這些作品時已不惜花費時間，如果借用卡佛的話就是，爲了「盡最大的力量寫出最好的作品」我努力寫過了。對每部作品來說都沒有「如果還有一點時間的話可以寫得更好」的情況。如果寫得不好，是因爲在寫那作品的時間點我以一個作家來說力量還不夠——只有這點而已。雖然遺憾，但不必感到羞恥。力量不足可以靠後天努力來彌補。但失去的機會卻再也無法找回。

讓我有可能做到那樣的寫法的，專屬自己的固有系統，是我花了漫長的歲月作出來的，非常仔細用心注意的整備起來，珍惜地維持下來。擦掉灰塵、添加機油、讓它不生鏽地注意維護到現在。而且身爲一個作家，這件事情雖然很小，我卻能感覺到引以自豪的東西。與其去談每一件作品的成果和評價，不如來談這種整體的系統本身，對我來說或許比較快樂。具體上也有談的意義。

如果讀者能在我的作品中，以肌膚的感覺稍微感受到一點類似溫泉水的眞實深度溫暖感的話，那我眞欣慰。因爲我自己就是一直在追求那樣的「眞實感」而讀了很多書，聽了很多音樂直到現在。

一定要相信自己的「眞實感」。不管周圍的人怎麼說，那些都沒關係。對寫的人來說，和讀的人來說，都沒有比「眞實感」更確實的基準。

第七回 從頭到尾是個人的體力行為

寫小說這件事，說起來從頭到尾是在密室中進行的個人行爲。一個人窩在書房裡，面對書桌（大多的情況）從一無所有的地方開始支撐起虛構的故事。漸漸變成文章的形式。把沒有形象的主觀性事物，轉換成具有形象的客觀性的事物（至少是追求客觀性的東西）——極簡單地定義的話，那就是我們小說家日常在進行的作業。

「不，我並沒有書房那樣氣派的東西」可能有不少人會這樣說。我剛開始寫小說時，也沒有什麼書房。在千馱谷的鳩森八幡神社附近的狹小公寓（現在已經拆除），面對廚房的桌子，在家人睡著之後，深夜一個人在四百字稿紙上沙沙沙地用鋼筆寫。就那樣寫出《聽風的歌》和《1973 年的彈珠玩具》這兩部最初的小說。這兩部作品個人（擅自）取名爲「Kitchen Table 小說」。

《挪威的森林》這本小說剛開始的部分，是在希臘各地的咖啡店桌上、渡輪的座位上、機場候機室、公園樹蔭下、便宜旅館的小桌上寫的。因爲四百字稿紙太大不方便一張張隨身攜帶，因此就拿在羅馬的文具店買的便宜筆記本

（就是以前所謂的大學筆記簿），用ＢＩＣ原子筆寫細字。周圍的座位吵吵嚷嚷，桌子搖搖晃晃字都寫不好，筆記上濺到咖啡，面對旅館的書桌半夜斟酌文章時，鄰房男女隔著薄牆正熱情交歡中。總之各種情況都不簡單。現在想起來好像是很可笑的插曲，但當時卻相當氣餒。因爲很難找到安定的住居，後來在歐洲各地也一邊到處移動，一邊在各個地方繼續寫小說。那沾有咖啡（或其他莫名其妙的）污漬的厚厚筆記，現在我還留在手邊。

但是無論在什麼樣的地方，人想寫小說的場所全都是密室，可攜帶的書房。我想說的，就是這種事。

我常想，小說家並不是受人之託而寫小說的。而是因爲有「想寫小說」這種強烈的個人意念，深深感覺到這種內在的力量，才能那樣辛苦地努力寫小說。

當然也有受人之託而寫小說的人。職業作家的情況，或許大半是這樣。我自己則長年以來奉行基本方針，不接受委託或預約寫小說，一路做到現在，但我的情況說起來可能算是罕見的例子。很多作家好像會接受編輯的委託「請爲我們的雜誌寫短篇小說」或「請爲我們出版社寫長篇小說」，然後才開始寫。這種情況，通常會有約定的截稿日期，依狀況需要也可能有以預支形式先領部分稿費的例子。

即使如此，但小說家是依自己內在的衝動自發性地寫小說，基本上這層道理完全沒有改變過。或許有人若是沒有外部的委託，沒有截稿期限的制約就無法好好開始寫。不過如果本來不存在「想寫小說」的內在衝動的話，就算有截稿期限，就算事先有堆積多高的鈔票，被哭著請求，還是無法寫出小說。這是當然的事。

而且無論契機是什麼，一旦開始寫起小說，小說家就變成獨自一個人了。誰都無法幫助他（她）。因人而異，或許有人還帶有研究員，但他們的任務只有蒐集資料和材料而已。誰也無法幫他或她整理頭腦裡的東西，誰也無法幫忙從哪裡找到適當的字句。一旦自己開始的事，就只能自己推進，自己完成。不能像最近的職業棒球投手那樣，大體上先投到第七局，然後就交給救援投手們，自己則回到板凳上擦汗。小說家的情況，並沒有在牛棚待機的選手。所以進入延長賽無論打到十五局，或十八局，到比賽分出勝負為止，都只能自己一個人繼續投完。

例如，這完全只是我的情況，要寫新的長篇小說時，一年以上（兩年，有時甚至三年）關在書房，面對書桌一個人孜孜不倦地繼續努力寫稿子。早晨早早起床，每天寫五小時到六小時，集中意識專心執筆。光是這樣拚命思考時，腦子就會呈現一種過熱狀態（有時眞的名副其實頭皮發熱），頭腦暫時迷迷糊糊。因此下午我會睡個午覺，聽聽音樂，讀讀無害的書。這樣的生活過久了無論如何都會運動不足，因此，每天大概出去外面運動一小時。然後準備第二天的工作。每天每天都像蓋章似的，重複過著同樣的生活。

要說是孤獨的作業，這種形容實在是太一般了，但說到寫小說——尤其正在寫長篇小說時——實際上是相當孤獨的作業。心情常常會變得像一個人坐在深井底下那樣。誰也不會來救你，誰也不會拍拍你的肩膀讚美說「今天寫得很好喔」。結果所寫出來的作品就算有人讚美（當然是指如果順利的話），但對於那寫的作業本身，人們並不會特別予以肯定。那是作家自己一個人，默默背負的包袱。

雖然我自己都認爲對這方面的作業，算是相當能忍耐，但有時還是會不耐煩，覺得討厭。不過這樣周而復始日復一日，簡直像砌磚師傅砌著磚塊般，耐心仔細地堆疊下去，於是在某個時間點，終於親手感覺到「啊對了，再怎麼說自己也是作家啊」這種眞實感。而且這種眞實感能以「善的東西」「値得慶賀的東西」來接受。美國戒酒團體的標語中有「One day at a time」「一次一天踏實地過」這樣的句子，眞的就是這樣。節奏不亂，周而復始的日子一天一天穩穩地拉過來，往後面送。而且默默地繼續下去，某一天自己心中就會發生「什麼」。不過在發生那個之前，某種程度需要花時間。你必須耐心地等待才行。

一天就是一天。沒辦法一次整批過兩、三天。

這種作業要耐心地孜孜不倦地繼續下去需要什麼呢？

不用說就是持續力。

如果說面對書桌集中意識的限度是三天，這樣的話，實在無法成爲小說家。有三天就夠寫短篇小說吧，或許有人會這樣說。確實沒錯。三天左右也許能寫出一篇短篇小說。不過花了三天寫出一篇短篇小說，因此意識一旦散掉了，要重新調整態勢，再花三天寫出下一篇短篇小說，這樣的周期，不可能一直反覆下去。如果這樣斷斷續續的作業繼續下去的話，可能寫的人身體會撐不下去。專門寫短篇小說的人，要以職業小說家生活下去，某種程度必須讓流程連續下去才行。漫長的歲月中要繼續創作，無論是長篇小說作家，或短篇小說作家，無論如何都需要有能繼續作業下去的持續力。

要學會保持持續力，該怎麼做才好呢？

對此，我的答案只有一個，非常簡單——鍛鍊基礎體力。獲得強壯的、頑強的身體體力。站在自己身體的這邊，經常爲身體設想。

當然這純粹只是我個人的，而且是經驗過來的意見。或許並不具有普遍性。不過我在這裡本來就是以個人的身分在談，因此我的意見總會變成個人性的、經驗性的東西。我想應該會有不同的意見，那就請從別人的口中去聽吧。請容我陳述我自己的意見。有沒有普遍性，請由您來決定。

世間似乎有很多人以爲，作家的工作只有在書桌前坐下來寫字而已，因此跟體力沒有關係，只要有足夠敲敲電腦鍵盤（或在紙上運筆）的指頭力氣就夠了吧。說到作家本來就是不健康的、反社會的、反世俗的存在，因此不必呼籲維持健康啦、健身啦。世間這種想法還很根深柢固。而且這套說法某種程度上也可以理解。我想也不能以這是老套的作家形象，就簡單帶過。

只是實際上自己試做看看，我想可能就會明白，每天五小時或六小時，爲了在桌上的電腦螢幕前（當然在水果紙箱上的四百字稿紙前，也完全沒關係）

一個人坐著，集中意識，構想故事，是需要不尋常的體力的。年輕時期，或許沒那麼難。二十幾歲、三十幾歲……這種時期身體還充滿生命力，猛烈地使用身體，身體也不會發出怨言。專注力如果必要也比較能簡單喚起，可以維持高水準。年輕眞是好事（要叫我重來一次卻有點傷腦筋）。但以非常一般的情況來說，隨著迎接中年期之後，很遺憾體力就會下降，瞬間爆發力也會降低，持續力會衰退。肌肉會鬆弛，身體會附著多餘的贅肉。「肌肉容易鬆弛，容易長贅肉」對我們的身體來說，成爲一個悲痛的命題。而且要彌補那樣的減退，爲了維持體力，經常性的人爲努力已經成爲不可或缺的事情。

而且如果體力再減退的話，（這也只是以一般而言）思考能力也會隨著呈現微妙的衰退。會失去思考的敏捷性、精神的機動性。我在接受一位年輕作家的採訪時，曾經說過「作家如果長贅肉就完了」。這是極端的說法，我想當然有例外，不過或多或少可以這樣說。那是物理上的贅肉，也是隱喻上的贅肉。許多作家以提升文章技巧，或意識的成熟之類的來彌補那樣的自然衰退，但那畢竟還是有限。

此外根據最近的研究，腦內海馬迴神經元的產生數目，可以藉有氧運動而大幅增加。有氧運動是指游泳和慢跑等長時間的適度運動。然而這樣所新生的神經元（neuron），如果置之不理的話，二十八小時後就會變得毫無用處而自動消滅。眞可惜。不過那新生的神經元如果給予知性刺激時，就會活化，和腦內的網絡連結，成爲傳達訊號組織有機的一部分。也就是腦內的網絡會擴大，變成更密的東西。這樣可以提高學習和記憶的能力。而且結果，可以使思考轉成隨機應變，更容易發揮不尋常的創造力。使更複雜的思考，更大膽的發想也成爲可能。換句話說，身體的運動和知性作業的日常性組合，對作家所進行的那種創造性勞動，能產生理想的影響。

我從成爲專業作家之後開始跑步（從寫《尋羊冒險記》時開始），從此以後經過三十年以上，把幾乎每天跑步一小時左右或游泳，當成生活習慣。可能身體本來就很頑強，在那之間身體狀況不曾出過大問題，腰腿也沒痛過（只有一次打壁球時曾經有過肌肉拉傷的經驗），幾乎沒停過，可以每天繼續跑步。一年跑一次全程馬拉松，後來也參加鐵人三項競賽。

也有人佩服地說，每天都能確實跑步眞不簡單哪，意志力相當強噢。但讓我說的話，每天搭通勤電車到公司上班的普通上班族，體力上相當辛苦。比起他們在尖峰時段搭一小時電車，我可以在喜歡的時間在外面跑步一小時眞是算不了什麼。也不是意志力特別強。我喜歡跑步，只是習慣性地繼續做適合自己性格的事情而已。無論意志力多強，如果是與性格不合的事情是不可能繼續三十年的。

而且那樣的生活累積下來，我常常感到，自己身爲作家的能力也逐漸一點一點提高，創造力似乎也變得更堅強、更安定了不是嗎？雖然我不能秀出客觀的數值「你看，這樣多」來說明，不過我心中就是有自然的觸感和眞實感。

即使我這樣說，周圍很多人還是完全沒有理會。反而好像嘲笑的人還比較多。尤其大約到十年以前，人們幾乎不理解這種事。還有些人說「每天早晨跑步的話，變得太健康了，會寫不出好的文學作品喏」。本來文藝世界裡，對於鍛鍊身體就有從頭瞧不起的風潮。一提到「維持健康」，很多人似乎會想像到肌肉隆起的健美先生，但爲了維持健康在生活中日常性進行的有氧運動，和使用器械所進行的像健身（body building）之類的東西就相當不一樣。

每天跑步對我來說有什麼意義，我自己長久以來對這件事也不太清楚。每天跑步當然身體會健康起來。脂肪會消失，能增長均衡的肌肉，體重也能控制住。但我平日經常感覺到，不是只有這樣。那背後應該還有更重要的什麼。但自己也不太清楚那「什麼」是什麼樣的東西，自己都不太清楚的東西也就無法對別人說明。

不過在意義暫且還無法適度掌握之下，總之這跑步的習慣，我已經固執地努力維持到現在。三十年是相當長的歲月。在那之間一直不變的維持一種習慣下去，畢竟需要相當的努力。爲什麼能做到呢？因爲我感覺跑步這個行爲，好像把幾種「我的人生中不能不做的事情」的內容，具體而簡潔地表象化了似的。有這種籠統的、但強烈的眞實感（體感）。因此即使心想「今天身體很累。不太想跑」，我還是會告訴自己「這對我的人生來說，是無論如何不做不行的事」，幾乎是不講道理地去跑。那句話到現在，對我來說似乎已經成爲一句箴言了。

我並不認爲「跑步本身是好事」。跑步這件事單純只是跑步。沒有好或不好。如果你想「討厭跑步」，那就沒有必要勉強跑。要跑不跑，是個人的自由。我並沒有提倡「來吧，大家一起跑」之類的。跑在街上，看見高中生冬天的早晨被規定全體一起在外面跑步，我甚至不禁同情起來「眞可憐。裡面一定也有人不想跑」。眞的。

只是以我自己來說，跑步這個行爲，好像擁有相當重大意義的事。或者說，那對我來說，或對於我正想做的事情來說，某種形式上是必要的行爲，在我心中這種自然的認知一直沒有改變。這種想法，經常從背後推動著我往前進。在酷寒的早晨。酷暑的中午，身體倦怠提不起勁的時候，會溫暖地鼓勵我「來吧，加油！今天也要跑噢」。

不過我讀了有關神經元形成的科學報導時，重新想到，自己到目前爲止所做的事情，所眞實感覺（身體感覺）到的事情，本質上並沒有錯。甚至深深感覺到，仔細傾聽身體眞實感覺到的事，對於從事創作的人來說，眞的是重要的作業啊。無論精神也好，頭腦也好，終究也是我們肉體的一部分。而且精神和頭腦和身體的境界，要我說的話——並沒有那麼清楚明確的界線區別分開。

這是我經常說的話，可能有人會想「又來了」，但因爲還是很重要所以在這裡重複。好像很固執，對不起。

小說家的基本工作是說故事。所謂說故事，換句話說，是要自己下降到意識的深層去。下降到心的黑暗底部去。如果想要說越大的故事，作家就必須下降到越深的地方去。就像如果想建造越大的建築物，基礎的地下部分就要挖得更深一樣。此外如果想說越周密的故事的話，那地下的黑暗就會變得越重越厚。

作家從那地下的黑暗中發現自己需要的東西——也就是對小說來說必要的養分，拿到手之後回到意識上層。然後把那轉換成擁有形式和意義的東西，也就是所謂文章。在那黑暗中，有時充滿各種危險的東西。生息在那裡的東西往往擁有各種形象想要迷惑人。而且既沒有路標也沒有地圖。還有像迷魂陣般的地方。就像地下的洞窟一般。一不小心就會迷路。可能再也無法回到地面。在那黑暗中集體的無意識和個人的無意識交錯混雜在一起。太古和現代交錯混雜在一起。我們無法將那解剖分開就那樣帶著回來，而有時那包裹難保不發生危險的結果。

爲了對抗那深度黑暗的力量，也爲了日常面對那各種的危險，無論如何都需要強壯的身體。需要到什麼程度呢？雖然無法以數值顯示，但至少強要比不強要好得多。而且那所謂的強，並不是跟別人比如何又如何的強，而是對自己

「盡可能必要的強」。我透過每天繼續寫小說，逐漸一點一點實際感覺到、理解到那個。心必須要盡量強韌才行，爲了在漫長的期間維持心的強韌，必須增強並管理維持身爲容器的體力，是不可或缺的事。

我在這裡所說的「強韌的心」，並不是指在現實生活層次中實際的強。在現實生活中，我是非常非常普通的人。會爲一點無聊的事而受傷，相反的也會說出不該說的話，事後後悔一直想不開。不太能抵擋誘惑，遇到無趣的義務會盡量把眼光避開。爲了芝麻小事也會動不動就生氣，然而重要大事卻會一時糊塗而忽略過去。雖然注意盡量不找藉口，有時卻也會說溜嘴。心想今天最好不喝酒，還是不小心打開冰箱拿出啤酒來喝。我推測這方面可能跟世間的普通人大致一樣。不，可能低於平均水準也不一定。

不過說到寫小說這個作業，我一天大約有五小時左右，面對書桌可以繼續擁有相當強的心。那心之強——至少大多的部分——並不是我天生就具有的，是後天得到的。我因爲刻意訓練自己，因而學會。說得明白一點，我也覺得，如果有那個意思的話，就算不能說「簡單」，至少只要努力，任何人都能某種程度學會。當然說到強的程度，就像身體的強度一樣，不是跟別人比較或競爭，而是為了保持自己現在狀態最佳形式的強。

我並沒有說去當道德主義者（moralistic），或去做禁慾主義者（Stoic）。當個道德主義者、禁慾主義者，和寫優秀小說之間，沒有直接關係。我想應該沒有。我只想建議您多注意一點身體的事情會比較好，這只是非常簡單，而務實的建議。

這種思考方式，生活方式，或許並不符合世人對一般小說家所抱持的印象。我自己一邊這樣說，一邊漸漸被不安所襲。或許世人現在依然還在心中期待著那種古典的小說家形象——過著自甘墮落的生活，不顧家庭，把太太的和服拿去當鋪換錢（這形象有點太古老嗎？）有時酗酒、有時迷戀女人，總之任性胡為，想這樣從破綻和渾沌中產生文學的反社會性文人——或者在心中嚮往去參加西班牙內戰，在槍林彈雨下繼續啪搭啪搭敲著打字機般的「行動派作家」。其實可能誰也不稀罕住在安穩的郊外住宅區，過著早睡早起健康生活，每天不能缺少慢跑，喜歡做青菜沙拉，關在書房每天固定時間工作的這種作家。我只是到處去把人們所懷抱的浪漫幻想，無謂地澆冷水而已，不是嗎？

例如有一位名叫安東尼・特洛勒普（Anthony Trollope）的作家。十九世紀的英國作家。發表了多篇長篇小說，當時非常受歡迎。他一邊在倫敦的郵局上班，一邊只是因興趣寫著小說，終於以作家成功了，成爲風靡一世的流行作家。但他一直到最後都沒有辭掉郵局的工作。每天上班前提早起床面對書桌，把自己定量的稿子勤快地繼續寫下去。然後才去郵局上班。特洛勒普似乎是一位能幹的公務員，管理職位升到相當高的階級。倫敦街頭到處設有郵筒，也是他的業績（在那以前沒有郵筒存在）。他非常喜歡郵局的工作，就算執筆活動怎麼忙，似乎都沒有想過要辭職當個專業作家。大概是一位有點特別的奇人吧。

他在一八八二年六十七歲時過世，以遺稿所留下的自傳死後被刊登出來。他那樣不浪漫的規律日常生活模樣第一次公諸於世。過去特洛勒普是什麼樣的人，一般人不太知道，但實情明朗之後，評論家和讀者都大感愕然，或感到氣餒失望，據說此後，作家特洛勒普在英國的聲望和評價一落千丈。我聽到這，只是很自然地佩服，並開始尊敬特洛勒普先生（還沒讀到他的書），但當時的人卻完全不是這樣。反而很認真地生氣「怎麼會這樣呢，我們居然是在讀這麼無聊的傢伙寫的小說啊」。或許十九世紀英國的普通人對作家——或作家的生活方式——曾經追求反世俗的理想形象。我想如果我也過著這樣的「普通生活」的話，說不定也會遇到和特洛勒普先生同樣的遭遇。不禁有點提心吊膽。不過，進入二十世紀以後特洛勒普先生再度受到好評，要說幸虧也真是幸虧了……

這麼說來，法蘭茲・卡夫卡（Franz Kafka）也一邊在布拉格的保險局做著公務員的工作，一邊在公餘勤快地寫小說。他也是一位能幹而認真的官吏，似乎很受職場同事的敬重。卡夫卡休息時，據說局裡的工作就會停滯。和特洛勒普先生一樣，他也是毫不馬虎地把本業確實做好，副業再認眞寫小說的人。（但我覺得他因爲有本業在身，因此小說有很多以未完就結束了，似乎有以這爲藉口的地方）。不過卡夫卡的情況，和特洛勒普先生不同，他那一絲不苟的生活態度，反而被評價爲「偉大」。他們的差別在哪裡？眞不可思議。人的毀譽褒貶眞難預料。

無論如何，對作家追求這種「反世俗想像」的各位，眞的感到很抱歉，而且——好像說過很多次了——只是對我而言而已，肉體上的節制，對想繼續當小說家是不可或缺的事。

我想，混沌這東西在誰心中都有。我的心中有，你的心中也有。並不一定要在現實生活的層面具體地，以眼睛看得見的形式，對外顯示出來。並不是能在別人面前炫耀「你看，我所擁有的混沌有這麼大」的東西。如果想和自己內心的混沌相聚的話，只要安靜閉嘴，一個人降到自己的意識底層去就行了。我們必須面對的混沌，值得好好面對的眞正混沌，就在那裡。就潛藏在你的腳底下。

而且要忠實且誠實地將那化爲語言，您所需要的是沉默的專注力，不氣餒的持續力。到某一點爲止的堅固地制度化的意識。還有爲了經常維持那樣的資質所必要的體力。或許眞的是很無趣的，名副其實散文性的結論，但那就是身爲小說家的我的基本想法。而且無論被批評也好，讚賞也好，被丟爛番茄也好，丟美麗鮮花也好，總之我只能以這樣的方式寫——而且以這樣的方式生活。

我喜歡寫小說這個行爲本身。因此才這樣寫著小說，幾乎可以光靠這個生活，對我來說眞的是很慶幸的事。對於能夠開始過這種生活，我也眞的覺得很幸運。實際上，如果沒有在人生的某個時間點蒙受到破例的幸運的話，實在無法達成這樣的事。我眞誠地這樣想。與其說是幸運，或許幾乎可以說是奇蹟。

就算在我身上本來就多少有一點寫小說的才能，但就像油田和金礦那樣，如果不被挖掘的話，應該永遠都深埋在地下繼續沉睡。也有人主張「如果擁有強烈而豐富的才華的話，總有一天會開花結果」。但以我的實際感受來說——我對自己的實際感受多少擁有一點自信——似乎不一定會這樣。如果那才能是埋在較淺的地下的話，放著不管也會自然噴出來，這種可能性也許很大。但如果那是埋在相當深的地方的話，則沒那麼容易被發現。不管那是多麼豐富而優秀的才能，如果沒有人想到「好吧，這裡挖挖看」，並實際拿起鏟子來挖掘的話，可能會一直埋在地裡永遠被忽略掉。我回頭看看自己的人生，深深有這種感覺。凡事有所謂漲潮時機，一旦錯過那漲潮時機，很多情況，就再也不會來訪了。人生往往變化無常、不公平、甚至很殘酷。我碰巧抓住了好機會。現在回頭看看，眞的覺得，除了幸運之外什麼都不是。

不過所謂幸運，說起來只是像入場券一般的東西。這一點和油田和金礦的屬性不同。發現這個，一旦到手，並不是從此就一切ＯＫ，可以從此搖扇子納涼悠閒度日。有了那入場券，你可以拿著進入拍賣會場——只有這樣而已。在入口把入場券交出去，可以進入會場，然後你要採取什麼行動，在那裡你能找到什麼，拿起什麼，捨棄什麼，在那裡可能會遇到幾次障礙，該如何超越，這終究是個人的才能和資質和技能的問題，人的器量的問題，世界觀的問題，有時非常簡單只是體力問題。無論如何，都不是只有幸運就能完全應付的事情。

當然，就像人有各種類型的人那樣，作家也有各種類型的作家。有各種生活方式，各種寫法。有各種事情的看法，各種用字的選法。當然一切都不能一概而論。我所能做的，只能談「像我這種類型的作家」。因此當然話就有限了。不過同時，在這裡或許——以身爲職業小說家這一點來說——貫通個別性的差異，應該有某些通底的東西。以一句話來說，那可能就是精神的「強悍」，我想。穿過迷惑，經歷嚴厲的批判，遭受親友背叛，碰到意外的失敗，有時失去自信，有時自信過度而挫敗，總之遭遇各式各樣現實的障礙，還是無論如何要繼續寫小說這東西的堅強意志。

堅強的意志長期間持續下去的話，無論如何生活方式本身的品質就會成問題。首先要十全地生活。而所謂「十全地生活」，是指某種程度要確立支持靈魂的「框架」肉體。那要一步一步確實地往前進步。這是我的基本想法。活著這件事（多半的情況）是令人厭煩的，沒完沒了的長期戰。肉體不努力不懈往前邁進，只有意志，或只有精神魂魄積極地保持堅強，我認爲，現實上幾乎不可能。人生說起來並沒有那麼輕鬆。如果傾向只往一邊倒的話，人遲早一定會受到另一邊的報復（或反彈）。往一邊傾斜的秤，必然想往回移動。肉體的力量和精神的力量，就像車子的兩輪一樣。當雙方互相取得平衡，發揮機能時，才能產生最正確的方向，和最有效的力量。

這是非常簡單的例子，如果牙齒隱隱作痛，無法面對書桌慢慢寫小說。無論您腦子裡有多麼美妙的構想，也有想寫小說的堅強意志，還有創造出想像豐富美麗故事的才能，如果您的肉體，卻不斷受到物理上激烈疼痛的襲擊的話，意識首先就不可能集中在執筆上吧。首先就要到牙醫診所去治療蛀牙——也就是先把身體好好整治好——然後才能面對書桌。我想簡單說就是這麼回事。

這是非常非常單純的理論，卻是我從過去到現在的人生中親身經歷所學到的事。肉體力和精神力，一定要雙方保持良好平衡才行。一定要採取彼此有效互補的態勢才行。戰爭越是長期，這個理論就越具有重大的意義。

當然如果您是稀世天才，能像莫札特、舒伯特、普希金、韓波、梵谷那樣，在短期間內就能華麗地啪一下開出花來，留下許多打動人心的美麗、崇高的作品，在歷史上留下芳名，生命就那樣燃燒淨盡也沒關係，那樣也很好，如果您是這麼想的話，我的理論就完全不合用。我到現在爲止所說的事，請忘得乾乾淨淨。並請您隨心所欲地過日子吧。不用說，那也是一種了不起的生活方式。而且像莫札特、舒伯特、普希金、韓波、梵谷那樣的天才藝術家，在任何時代都是不可或缺的必要存在。

但如果不是那樣的話，也就是您也不是（很遺憾）什麼稀有天才，而且希望設法花時間盡量提高，加強自己所擁有的（或多或少有限的）才能的話。我想我的理論或許多少可以發揮一些效力。意志要盡量堅強。同時，意志的根據地就是身體也要盡量健康、強健地整頓、保持在沒有障礙的狀態——那也等於能整體、均衡地提高您生活方式的品質。如果能不顧一切那樣踏實地努力，自然也能提高創作品質。這是我的基本想法。（好像重複了，但這理論並不適用於擁有天才資質的藝術家）。

那麼要如何提高生活方式的品質呢？這方法因人而異。一百個人，就有一百種方法。只能自己分別去發現自己的道路。就如同各自去找到自己的故事和自己的文體一樣。

我再舉法蘭茲·卡夫卡爲例，他年紀輕輕四十歲就得了肺結核過世，從留下的作品印象來看，一副緊張兮兮、肉體孱弱的印象。但他對身體的照顧似乎卻意外地認眞用心。據說他徹底素食，夏天在莫爾道河裡一天游一英里（一六〇〇公尺），每天花時間做體操。我倒眞想看看卡夫卡一臉認眞做體操的模樣。

我過去成長過程中，經常重複試行錯誤，總算找到自己的做法。特洛勒普先生找到特洛勒普先生的做法，卡夫卡先生也找到卡夫卡先生的做法。也請您找到您自己的做法。在身體方面和精神方面，每個人應該各有不同的情況。每個人應該各有每個人的理論。但如果我的做法某方面能有一點值得參考的話——換句話說，如果那多少擁有一點普遍性的話——我當然也非常高興。

第八回 學校

這次來談談學校的事。對我來說學校是什麼樣的地方（或狀況）？學校教育對於小說家如我，有什麼樣的幫助？或沒有幫助？我想試著談一談。

我的雙親都是教員，我自己也在美國的大學開過幾次課（雖然沒有教師執照）。不過坦白說，學校這地方我從以前就不太適應。想到自己過去就讀的時光，這樣說對學校很過意不去（對不起），不過想不起多少美好的記憶。脖子甚至開始感覺扎扎癢癢的。不過，要說是學校本身有問題，或許不如說是我這邊有問題吧。

無論如何，我從大學好不容易畢業時，想到「啊，從今以後可以不用去學校了」，我記得當時還鬆了一口氣。感覺肩膀上的重擔終於可以放下來了。可能一次都不曾覺得懷念過學校（大概）。

那麼爲什麼事到如今，我還要特地來談學校呢？

或許因爲我想要——以一個已經離開學校很遠的人來說——我想差不多是時候該就我自己的學校體驗，或對所謂教育所感覺到或想到的事，做個整理並且談一談了。因爲，在談自己的時候，某種程度也可以多少明白自己吧。再加上，最近曾和幾位擁有拒絕（迴避）上學經驗的年輕人見面談過，或許也成爲這動機之一。

老實說，我從小學到大學，一直不太擅長學校的功課。並不是成績特別差，或落後跟不上，我想可以說馬馬虎虎勉強過得去，但本來就不怎麼喜歡用功讀書、做功課，實際上也不太用功。我所上的神戶高中，是公立的、所謂的「升學高中」，一個學年有超過六百名學生的大學校。因爲我們是「團塊世代」，因此小孩人數很多。所以各科的定期測驗，前五十名的名字會被公布出來（我記得應該是這樣），我的名字從來沒有上榜過。也就是說我完全不是一成左右名列前茅「成績優秀的學生」。說好聽一點，我想大概在中上左右吧。

要問爲什麼對課業不熱心呢，非常簡單，首先第一點是因爲很無聊。我不太感興趣。或者說，世上有很多事情比課業有趣。例如閱讀、聽音樂、去看電影、到海邊游泳、打棒球、跟貓玩，然後更大以後，跟朋友通宵打麻將、跟女孩子約會……之類的事情。跟這些比起來，學校的功課相當無聊。試想起來，也是理所當然的吧。

不過對我來說，我並沒有特別意識到自己偷懶貪玩。只是我在想，因爲我心底知道讀很多書、熱心聽音樂——或許也包括跟女孩子交往——對我來說，是具有重要意義的個人學習。某種意義上反而比學校的考試還要重要。當時在自己心中，那些事有多少是明文化，或理論化的，正確情形我已經不記得了，但對於「學校的功課好無聊」的反感程度似乎還有感覺。當然學校的功課中，我對有興趣的主題，也曾經主動去用功讀過。

另外我對於跟別人競爭名次的事，從以前就不太有興趣。並不是要帥才這樣說，分數、名次和偏差值（我十幾歲的時候，幸虧還沒有這個）之類的，這些具體表現在數字上的優劣，不太吸引我。我想這大概只是天生的性格。雖然也並非沒有不服輸的傾向（因事情而別），但在跟別人競爭的這個層次上，這種傾向幾乎沒有表現出來。

總之，閱讀這件事對當時的我來說，比什麼都重要。不用說，世上有太多比教科書更精彩刺激，內容更深奧得多的書。在翻閱這些書時，可以感覺到內容從開始讀起就一一化爲自己的血肉，有一種活生生的物理性感觸。因此實在不太有心情去爲考試而認眞用功。實在不認爲把年號和英語單字機械性地塞進腦袋，對自己的未來會有什麼幫助。不是系統性而是機械性地勉強背下的技術性知識，隨著時間過去自然又會消失，被某個地方——對了，像知識的墓地般陰暗的地方——吸進去消失掉。因爲那些東西絕大部分都沒有留在記憶的必要性。

與其在意那些東西，還不如那些時間過去之後，還不會消失、仍留在心中的東西要重要多了。這是當然的吧。不過這類知識不太有即效性。這種知識要發揮眞正的價値，需要花很長的時間。很遺憾這和眼前的考試成績沒有直接關係。即效性和非即效性的差別，以比喩來說，就像小水壺和大水壺的差別那樣。用小水壺燒開水，水立刻就沸騰很方便，但也立刻就冷掉。另一方面用大水壺燒開水等水沸騰要花時間，但一旦沸騰之後的開水卻很慢才變冷。不是哪一種比較優，而是各有用途和特色。重要的是要能巧妙地分開使用。

我從高中時代中期，開始讀英文的原文小說。雖然英文並沒有特別好，但因爲非常想用原文讀，或讀還沒有被翻譯成日文的小說，於是到神戶港口附近的舊書店，買了一大堆英文平裝書回家，不管懂不懂意思，就從頭開始胡亂啃讀下去。最初總之是從好奇心開始，然後不久就「習慣」了吧，於是沒怎麼抗拒就能讀橫排文字的書了。當時的神戶住著很多外國人，而且因爲有大港口所以也有很多船員進來，這些人整批賣出的西洋書，只要到舊書店去就有很多。我當時讀的書，幾乎都是封面很華麗的偵探小說或科幻小說，所以不是太難的英語。不用說，像詹姆斯．喬伊斯或亨利．詹姆斯，這類深奧的東西高中生實在啃不下去。然而不管怎麼說，一整本書，總算從頭到尾可以用英文讀了。總之好奇心勝過一切。結果，英語考試成績進步了嗎？完全沒有。英語成績依然不怎麼樣。

爲什麼呢？我當時針對這件事也想了很久。英語考試成績比我好的學生雖然很多，但依我看來，他們並沒有辦法讀完一本英語書。而我大體上卻可以很順很輕鬆地讀完。但爲什麼我的英語成績依然不太好呢？於是，我想東想西之後，終於明白，日本高中的英語課程，沒有針對讓學生學會實際生活中能活用的英語爲目的來教。

那麼到底以什麼爲目的呢？大學入學考試的英語測驗能拿到高分，幾乎是以這點爲唯一目的。能用英語讀書，能跟外國人進行日常會話，這些事至少對我所上公立學校的英語老師來說，只不過是芝麻小事而已（姑且不說是「多餘的事」）。比起那個不如多記一個困難的單字，或記住假設法過去完成式的文法結構，或如何選擇正確的前置詞和冠詞，這一類的事才是重要的作業。

當然這方面的知識也重要。尤其在開始把翻譯當職業之後，才重新痛徹發覺自己在基礎知識上的薄弱。不過這些細微的技術性知識，只要有心想學，事後多少還可以補強。或者在職場一邊工作，也可以應需要自然學會。更重要的倒是要有「自己爲什麼要學英語（或某種特定的外國語）」這目的意識。如果這點曖昧不明的話，學習只會變成一件「苦差事」。以我的情況來說目的非常清楚。總之想用英語（原文）讀小說。首先只有這個。

語言是活的東西，人也是活的。活著的人希望能靈活使用活的語言，因此一定要具備一些彈性。彼此若想自在地互動，一定要發現最有效的接觸面。其實理所當然，但在學校這種系統中，這種想法卻完全不是當然的事。我覺得這實在是很不幸的事。換句話說，所謂學校這種系統，和所謂我自己的這個系統，無法好好配合。因此去學校並不太快樂。只因爲班上有好朋友，和幾個可愛的女孩子，才勉強每天去學校。

當然我是說「我的時代是這樣」，不過我是高中生已經是接近半世紀前的事了。我想後來的狀況已經相當不同了。世界一直在全球化，由於電腦和錄音錄影機器等的導入，教育現場的設備也改良了，現在應該變得相當方便。話雖如此，但另一方面我也難免覺得，學校這種系統的模樣和基本理念，較半世紀以前似乎沒有什麼不同。就外國語的學習而言，到現在也還是一樣，如果要學到眞正活用的外國語，好像除了自己到國外去之外沒有別的方法。我到歐洲去時，年輕人大多會講流暢的英語。即便書籍也都可以立刻用英語讀（所以各國出版社甚至因爲譯成本國語的書不好賣而傷腦筋）。不過日本的許多年輕人，無論說也好、讀也好、寫也好，到現在似乎還不擅長活用英語。我想這個問題還是很大。像這樣偏差的教育系統如果放著不改，另一方面卻讓孩子從小學開始學英語，我想可能也不太有用。只有讓教育產業賺錢而已。

不只是英語（外國語）而已。按照這個國家的教育制度，基本上幾乎所有的學科，都不太考慮如何靈活地提高個人資質。看起來好像到現在還照著手冊填塞知識，只顧傳授學生如何應考的技術。而且有幾個人考上哪一所大學的合格率，都讓教師和家長認眞地忽喜忽憂。這實在是有點可悲的事。

在求學階段，父母或老師經常會如此勸告學生「在學校的日子就是要好好用功。因爲長大以後一定會後悔，要是自己在年輕時候能更努力學習就好了」。但我在離開學校以後，從來沒有這樣想過。反而是後悔「在學校的時候如果能更盡興地做自己喜歡的事就好了。被迫去用功死背那些無聊的東西，眞是浪費人生」。不過我可能是有點極端的例子。

我對於自己喜歡的事，有興趣的事，性格上會很專心地徹底投入。不會半途而廢地說「啊，算了吧」就停止不做。我會做到自己認爲滿意爲止。但是對沒興趣的事，就不太會用心做。不如說，無論如何都沒有心情去認眞做。這方面的分辨判斷，我從以前開始就很清楚。「你做這個吧」有人（尤其是上面的人）命令我做的事，我無論如何只會敷衍了事。

運動也一樣。我從小學到大學，對體育課討厭得不得了。要我換上體操服，被帶到操場上去，做我不想做的運動，簡直痛苦得不得了。因此長久以來我一直以爲自己不擅長運動。不過出社會以後，依自己的意思試著開始運動後，卻發現這非常有趣。「原來運動是這麼快樂的事啊！」才覺得茅塞頓開，恍然大悟。那麼，以前在學校要我做的那種運動到底是什麼呢？想起來不禁茫然不解。當然每個人不一樣，或許不能簡單地一概而論，但極端地說，所謂學校的體育課，難道是爲了讓人討厭運動而存在的嗎？我甚至這麼覺得。

如果把人分類成「狗的性格」和「貓的性格」的話，我想我幾乎完全屬於貓的性格。如果有人叫我「向右看」，我很可能會向左看，有這種傾向。這樣做了有時候會覺得「不好意思」，但那不管是好是壞已經變成我的天性了。而且世上應該可以有各種天性。不過以我經驗過的日本教育制度，在我眼裡看來，是以製造對共同體有用的「狗的性格」，有時甚至更過分地是企圖塑造個人凡事與團體朝共同目的地前進的「羊的性格」。

這種傾向不但在教育方面如此，甚至連以公司和官僚組織爲中心的日本社會體制本身也一樣。加上「重視數值」的僵硬性，和「機械性死背」的即效性・功利性取向——似乎正在各種領域產生嚴重的弊害。有一段期間這種「功利」體制確實順利發揮作用。在社會整體目的和目標大體明顯的「前進前進」的時代，這種做法或許適合。等到戰後復興期結束，高度經濟成長成爲過去式，泡沫經濟嚴重破滅之後，那種「大家組成船隊，只要朝目的地筆直前進就好」的社會體制，所能扮演的角色任務早該結束了。因爲我們今後要前往的目的地，已經不是靠著單一視野便能掌握的地方了。

當然如果世間全都是像我這樣個性任性的人的話，或許也有點傷腦筋。但以剛才的比喻來說，大水壺和小水壺，在廚房裡必須巧妙並用才行。順應不同用途、不同目的，個別巧妙地使用才叫做人類的智慧。或稱爲常識。各種類型的，各種時間性的思考方法和世界觀巧妙組合，社會才能圓滿順利地，在良性的前提下有效率地運作下去。簡單說或許可以稱爲「體制的洗練化」。

任何社會當然一定都需要「共識」這種東西。否則社會就無法成立。但同時，從共識稍微偏離的比較少數派的「例外」也必須適度受到尊重。或好好的納入視野之內才行。在成熟的社會，這種平衡成爲重要的元素。由於這種平衡取得方式的不同，社會於是產生厚度、深度和內省。看起來，現今日本朝這個方向掌舵的技巧似乎還沒有十分熟練。

例如二〇一一年三月的福島核能發電廠事故，追溯相關報導，得到「這根本上，應該是日本社會體制本身所帶來的必然性災害（人災）」這樣黯淡的感覺。我相信各位應該也有同樣的感覺吧。

由於核能發電廠事故的關係，有幾萬人被迫遷離習慣居住的故鄉，而處在無家可歸的境地。眞令人心痛。造成那種狀況的直接原因，通常是超出想像之外的自然災害，幾種偶然交錯造成的不幸遭遇。不過，會演變到這樣致命的悲劇階段，我想是因爲現行制度所擁有的結構性缺陷，和所產生的弊害。是體制內責任歸屬不明，或是判斷能力欠缺。是不會「設想」他人之痛，失去想像力的惡劣效率性。

只會強調「經濟效率良好」，幾乎只爲了這一點，便以核能發電爲國策，不顧一切地勉強推行，一直刻意隱瞞其中所潛在的危險（或實際已經以各種形式陸續暴露的危險）。

總之那筆欠帳這次就輪到我們來償還。對於已經侵蝕到那種社會體制根幹的「前進前進」體質，如果不能打一道強光，照亮問題點並且從根本修正的話，恐怕還會在什麼地方引發同樣的悲劇也未可知。

核能發電對於沒有資源的日本來說無論如何都是必要的，這種意見或許也有一點道理。原則上我是站在反對核能發電的立場，但是如果能有可信賴的管理者非常注意地管理，並由適當第三者機關嚴格監視營運，一切資訊都正確地向大眾公開的話，或許某種程度仍有商量餘地。然而如果像核能發電這種足以帶來致命性災害可能性的設備，是由足以毀滅一個國家的危險性的體制（實際上車諾比事故就是造成蘇聯解體的原因之一），並交給一向以「重視數值」「效率優先」爲準則的營利事業營運時，由於對人性缺乏同情心，當習慣

「機械性死背」「上意下達」的官僚組織擔任「指導」「監督」時，將會產生令人毛骨悚然的危險。或許更將造成國土汙染，破壞大自然，甚至損傷國民的身體，使得國家信譽墜落，無數人固有生活環境被剝奪的結果也不一定。不如說，那正是已經實際在福島發生的事情。

話題有點扯開了，但我想說的是，日本教育體制的矛盾，直接與社會體制的矛盾接軌這件事。也可能是相反過來。無論如何那樣的矛盾已經到了不能放著不管的時候了。

總之，再回到學校的話題。

我的學生時代大約在一九五〇年代後半到一九六〇年代之間，當時校園霸凌和中輟生的問題還沒有那麼嚴重。並非學校和教育制度沒有問題（我認為有不少問題），至少以我自己來說，身邊幾乎沒有看到霸凌或拒絕上學的例子。雖然還是偶有發生，不過並不嚴重。

在戰後不久的年代裡，國家整體還比較貧窮，我想可能是因爲有「復興」「發展」之類明確目標在運作的關係吧。就算隱含了問題和矛盾，基本上還是擁有積極正面的空氣。這種周圍的「方向性」般的東西，可能也在孩子們之間產生了眼睛看不見的作用。我想在孩子們的日常生活裡，世間似乎並不存在擁有巨大負面能量的事情。基本上反而抱持著「如果這樣努力的話，周圍的問題和矛盾不久自然會消失」的樂觀想法。因此我雖然也不太喜歡學校，但因爲「上學是理所當然的」，因此未曾質疑過，就滿認眞地去上學。

不過，今日霸凌和中輟生成爲重大的社會問題，報紙、雜誌和電視報導，幾乎沒有一天不提到。部分受到欺負的學生甚至自殺。除了悲劇之外眞的沒有別的說法。針對這種問題人人都有各種意見，社會也採取種種對策，但完全看不到問題有減輕的傾向。

不只是同學之間互相欺負而已。教師方面的問題也不少。在有一段時間之前，神戶有一所學校，隨著開始上課的鈴聲響起，老師會把沉重的校門關上，結果造成一個女學生當場被夾死的事件。老師辯解說是因爲「最近遲到的學生太多，不得不這樣做」。遲到當然不可取。但學校遲到幾分鐘，和一個人的生命哪一邊價值比較重，這是不用考慮的事。

在這名老師心中「遲到不可原諒」，如此狹隘的意識在腦子裡異樣地膨脹，導致無法保持平衡看世界的良好視野。平衡的感覺對教育者來說應該是重要的資質。報紙上也刊登家長的意見，「那位老師是熱心教育的好老師」。可是說出這種話——說得出的一方似乎也有問題。被殺的一方，被壓碎的疼痛到底要向誰述說發洩？

比喻上說學校壓死學生，不難想像是怎麼回事，實際上眞的讓學生活活被壓死的學校，就遠遠超越我所能想像的了。

像這般教育現場的病症（我想可以這樣說），不用說，就是社會體制的病症的投影，無庸置疑。如果社會全體擁有自然的氣勢，有確定的目標的話，就算教育體制多少有一點問題，也總能以「場所的力量」適度調整度過。但是當社會失去氣勢，在很多地方產生閉塞感時，其中情況最明顯，受到波及作用最強的就是教育現場。是學校，是教室。因爲孩子們，就像礦坑裡的金絲雀一樣，最先感覺到那汙濁的空氣，是最敏感的存在。

就像剛才說過的那樣，當我還是個小孩的時候，社會本身有「伸縮性」。因此類似個人與制度對立的問題，也被那伸縮空間吸收進去，沒有造成多大的社會問題。因爲社會整體在動著，那動力把各種矛盾、挫折和不滿都吞進去了。換句話說，傷腦筋的時候，到處都有很多可以逃進去的餘地或空隙之類的地方。但到了高度成長時代結束，泡沫時代也結束的今天，很難再找到這種避難空間。過去只要順著大潮流走就會沒事，那種大體上籠統的解決方法已經不成立了。

伴隨這種「可逃場所不足」的社會教育現場的嚴重問題，我們有必要設法找到新的解決方法。或者，照順序來說，首先必須在某個地方成立可能發現全新解套方法的場所。

那是什麼樣的場所？

個人和體制可以自由地相互活動，一邊安穩地協商一邊能找到對雙方最有效接觸的場所。換句話說，是每個人在那裡都可以自由伸展手腳，慢慢呼吸的空間。能夠脫離制度、階級、效率、霸凌之類事情的地方。簡單說，是個溫暖的、暫時性的避難場所。誰都可以自由進入，可以自由地從那裡出來。不用說那是屬於「個人」和「共同體」的中間地帶的場所。想要在哪一帶找位子，都依每一個人的意思決定。總之我想稱這個場所為「個人回復空間」。

剛開始只要小空間就可以。不必大規模。即使在手作般的狹小場所，總之各種可能性都實際試著去做看看，如果順利的話，就可以那個為模式＝基礎方案，繼續發展下去。我想空間可以逐漸擴大。雖然某種程度需要花時間，但我想那可能是最正確，最合理的做法。我想這種場所如果能在各種地方自然產生該有多好。

最壞的情況，是從文科省之類的地方由上而下設定一種制度，然後把那種東西硬推給教育現場。我們在這裡是以「回復個體」為訴求，如果國家準備以制度化來解決的話，可以說真是本末倒置，或者搞不好可能成為一種鬧劇。

雖然談的是我個人的經驗，不過現在回想起來，對上學時代的我來說，最大的救贖，我想是在那裡交到幾個好朋友，還有讀了很多書。

關於讀書，總之我真的拿起眼睛看到、各種各類的書，像往燃燒正旺的窯裡用鏟子送煤進去般，貪婪地讀下去。每天為了品嘗、消化那一本一本讀物就忙不完了（雖然很多也消化不了），幾乎是處於沒有多餘時間去考慮其他事情的狀態。我也想過，那對我來說或許反而是一件好事。如果我好好看清自己周圍的狀況，認真考慮那裡所存在的不自然、矛盾和欺瞞，對不認同的事情直接追究到底的話，或許會被逼進死胡同般的地方，弄得灰頭土臉也不一定。

於是，由於讀遍了各種各類的書，視野自然某種程度「相對化」了，對十幾歲的我來說，我想是具有很大意義的。由於書中所描寫的各式各樣的感情幾乎都作爲自己的東西般體驗，在想像中自由地穿梭在時間與空間之間，目睹各色各樣不可思議的風景，讓各種語言通過自己的身體，因此我的觀點或多或少變成複合性的。也就是現在不只是從自己所站的地點眺望世界，變成也能從稍微離開的其他地點，適度客觀地眺望正在眺望世界的自己的身影了。

只從自己的觀點眺望事物時，世界無論如何都會咕滋咕滋地將水分蒸發漸漸煮乾。身體變僵硬、腳步變沉重，變得無法自由轉身。但如果能以幾個觀點眺望自己所站的位置時，換句話說，自己的存在如果能託付到某個別的體系時，世界便開始變得比較立體，和比較帶有彈性。我想，這應該是人活在這個世界上，意義非凡的姿態。透過閱讀學到這個，對我來說是極大的收穫。

如果沒有書這東西的話，如果沒有讀這麼多書的話，我的人生應該會變得比現在寒冷而殺風景，僵硬而死板。換句話說，對我來說讀書這行爲，本身就是一個大學校。那是爲我而興建並營運的，特別訂做的學校。我在那裡親自學到許多重要的事情。那裡沒有麻煩的規則，沒有靠數字評價的事，沒有激烈的名次之爭。當然也沒有霸凌之類的事情。我雖然被包含在很大的「制度」之中，但也能好好確保那另一個屬於自己的「制度」。

我所想像的「個人回復空間」的樣貌，正是接近那樣的東西。不限於閱讀。無論是無法適應現實上學校制度的孩子們，或對於在教室學習不太有興趣的孩子們，如果能找到那種訂製的「個人回復空間」，而且在那裡能發現適合自己的東西，符合自己尺寸的東西，能把那可能性依自己的步調擴大的話，我想應該能夠順利地克服「制度的牆」。但是爲了做到這一點，也需要有能夠理解、評價這種心願＝「個體生活方式」的共同體，或家庭爲後盾。

我的雙親都是國語老師（母親在結婚後辭職），對於我讀書這件事，幾乎從來沒有講過一句話。雖然對我的學業成績相當不滿，卻不曾說出「別讀什麼閒書了，去準備考試」的話。或許稍微說過一點，但沒留在我的記憶中。可能只說到那樣的程度吧。我想，這似乎也是我必須感謝雙親的事情之一。

我想再重複一次，我不太能夠喜歡學校這種「制度」。我曾經遇到幾位優秀的老師，學到幾件重要的事情，但可以和那抵銷外還有剩的是，幾乎大多的學科和課程都很無聊。學校生活結束時，我甚至還想到「人生已經再也不需要這麼無聊了」的無聊地步。不過，不管怎麼想，我們的人生中，無聊還是會繼續不斷地，毫不饒人地從空中飄下來，從地下湧上來。

不過，不管喜不喜歡學校，會因爲不能再去學校而感到非常寂寞的人，可能不太會成爲小說家。因爲，小說家這種人，是在腦子裡一直繼續製造只有自己的世界的人。我在上課時，也沒怎麼聽課，好像都耽溺在各種天南地北的空想中。如果我是今日的小孩的話，可能無法好好和學校同化，而變成拒絕上學的兒童也不一定。我的少年時代，不知道是幸或不幸，因爲拒絕上學之類的事還沒成爲潮流，因此「不去學校」這種選項本身好像還不太常在我腦子裡浮現。

無論在任何時代，或任何社會，想像力這件事都擁有重要的意義。

和想像力相反極端的東西之一就是「效率」。把多達數萬人的福島人驅離故鄉之地，追根究柢原因也是「效率」。「核能發電是高效率的能源，因此是好的」這種想法，從發想到結果所捏造出來虛構的「安全神話」，爲這個國家帶來這樣悲劇性的狀況，無法復原的慘事。這眞的可以說是我們想像力的敗北。現在開始還不遲。我們必須在個人心中建立起足以與所謂「效率」、武斷的危險價値觀對抗的，自由的思考與發想的軸心。而且必須把那軸心，往共同體＝社區延伸推展才行。

雖然如此，我對學校教育的期望，並不是「讓孩子的想像力豐富起來」這種事。我沒有這樣希望。因爲，能讓孩子們的想像力豐富起來的，怎麼說都是孩子們自己。既不是老師，也不是教育設備，更不是國家和自治體的教育方針。孩子們並不是全部都擁有豐富的想像力。就像有的孩子擅長賽跑，另一方面也有不太擅長賽跑的孩子一樣。有的孩子想像力很豐富，另一方面也有想像力不算豐富——但其他方面卻能發揮優越才能——的孩子。這是當然的事。

這就是社會。如果「讓孩子們的想像力豐富起來」這樣的想法成爲一個決定的「目標」的話，很可能又會變成奇怪的事。

我對學校的期望，只有「不要抹殺有想像力的孩子們的想像力」這一件事而已。這就夠了。

希望能爲每一種不同性格的學生提供能生存下去的場所。那麼學校應該會變成更充實的自由場所。而且同時，社會本身，也和學校並行，應該會變成更充實的自由場所。

我以一個小說家這樣想。不過，我的想法，可能未必就能怎麼樣。

第九回　要讓什麼樣的人物出場？

經常有人會問我「小說裡出場的人物，會用眞實存在的人當範本嗎？」答案經常是「No」，但一部分會答「Yes」。我到目前爲止寫了相當多小說，但只有兩三次從一開始就打算好，「這個角色我要照著現實中的誰來寫」。如果被誰看出——尤其那個誰就是那個角色的話——人家會不會不高興？我一邊寫一邊有些擔心（都是主要的配角），幸虧從來沒有被指認出過。雖然把那個人當範本，但我會很用心地仔細改造過才寫，因此我想周圍的人可能不知道。本人可能也不知道。

反倒是我事先完全沒有參考任何人，只是在腦子裡隨便捏造的虛構角色，常常被指出「你是拿這個人當模特兒吧」，這種情況反而多得多。甚至有人堂堂出來這樣主張「這個角色就是拿我當模特兒嘛」。英國小說家毛姆在一本小說中曾經寫過，被一個完全沒見過面，連名字都沒聽過的人，以「被當作小說的模特兒」爲由向他提告，眞令他大傷腦筋。毛姆向來會非常生動地在小說中一一描述每個角色，有時甚至相當惡意地（說得好聽是諷刺地）描寫，於是可能引發很強烈的反應。讀到他筆下那種巧妙的人物描寫時，難免就會有人覺得好像是自己受到批評，被嘲笑了一般。

在我的小說中出場的人物，多半是在故事發展中自然形成的。除了少數例外，我都不會事先決定「要讓這種角色出現」。在創作過程中，陸續出現的人自然會組成軸一般的東西，各種細節也會一一被那裡吸過去。就像磁石會吸附鐵片一樣。如此一來，書中所有人物的形象便會漸次完備。事後回想起來，常常會有「啊，這個細節可能有點像那個人的這個部份」之類的事，但從來不會一開始就決定「好吧，這次我要用那個人的這個部分」這樣去塑造角色。許多作業反倒是自動進行的。也就是說，我在開始想要這個角色時，就會幾乎無意識地從腦內的文件櫃裡拉出片段的資訊，開始組合，我想大概是這樣。

這種塑造角色的作業，我個人私底下稱之爲「自動小矮人」。一直以來我大多開手排檔的車，第一次開自動排檔的車時，只覺得「這變速箱裡一定住著幾個小矮人，他們正分工合作操控著排檔」。而且不禁有些擔心，這些小矮人往後會不會忽然覺得「啊，幫別人這麼賣力地工作也眞累，今天就來休息一下吧」而開始罷工，車子在公速公路上就這麼突然不動了。

我這樣說時大家都笑了。總之，關於「角色確立」之類的作業，活在我體內潛意識之下的「自動小矮人」們，直到現在（雖然一邊嘀嘀咕咕抱怨著）仍爲我賣力工作。我只要趕快寫成文章就好了。當然這樣寫下來的東西並不能原封不動放進作品中，日後還是要改寫幾次，再改變形式。這種改寫作業比起所謂的自動，要稍具意識性、邏輯性地去進行。不過關於原型的確立來說，則是相當無意識的，直覺性的作業。也可以說，不得不這樣。要不然，就會出現不自然、不生動的人物形象。因此這種初期過程，就變成像是「交給自動小矮人去辦」的樣子了。

寫小說總之要先讀許多書才行，跟這一樣的意思，我想也可以說，要描寫人必須先知道很多人才行。

雖然說知道，卻沒有必要去理解對方，或非常了解的地步。只要眼睛稍微瞄一下那個人的外觀和言語行動的特徵就行了。只是不管是自己喜歡的人、不太喜歡的人、老實說很討厭的人，觀察時盡量不要帶著個人偏好，這點很重要。因為如果只讓自己喜歡的人、自己關心的人、容易理解的人出場的話，那本小說（是指以長期看來）就會缺乏廣度了。有各種不同類型的人，那些人採取各種不同的行動，他們互相擦撞才能讓狀況開始動起來，故事往前推進。所以就算猛一看心想「這傢伙真不順眼」也不要把眼光轉開，先把「哪裡不順眼」「怎麼樣不討人喜歡」的要點留在腦子裡。

我很久以前——我想大約三十五歲前後——被一個人說過「你寫的小說裡不會出現壞人喔」（後來才知道，據說馮內果也被臨終前的父親說過完全相同的話）。這麼說來我也覺得「試想起來好像是這樣」，從此以後，我就會刻意試著讓負面的角色在小說中出現。不過並不能完全達到心裡想的那樣。與其讓故事大幅動起來，當時的我，心態上比較偏向構築自己私密的——說起來比較調和的——世界。我想作為對抗粗暴現實世界的避難所，首先必須確立屬於自己的安定的世界。

但隨著年齡增長——（以一個人，以一個作家而言），或許說隨著成熟之後——雖然緩慢，但我開始能夠在自己寫的故事中，加進負面的，或具有非調和傾向的角色了。為什麼變可能呢？首先第一點，自己的小說世界可以說已經成形，勉強可以產生機能了，下一個階段要讓那個世界加深加廣，成為更具動態的東西，開始成為重要的課題。因此，出場人物必須更多樣化，人們所採取的行動振幅也要更大才行。因為我開始強烈地感到這種必要性。

加上我自己在現實生活中也經歷了各種體驗——不可能不經歷——也有關係。三十歲算是當上了小說家，成為一個公衆人物，不管喜不喜歡，都會開始從正面承受相當強的風壓。雖然我自己個性上絕對不是一個外向愛現的人，但有時也不得不被推到前面去。有時不想做的事也不得不做，也發生過被親近的人背叛而失望的事。有人為了利用你而發出言不由衷的讚美，有人蠻不在乎

——我只覺得——罵聲相向。有的沒有的事都會被說。會遇到其他各種平常無法想像的怪事。

每次遭遇這種負面情緒時，我都會用心去仔細觀察和相關人等的模樣、言語和動作。反正非要遇到這種傷腦筋的事不可的話，不如從這裡拾取一些可能有用的東西（「無論如何總要先拿回本錢」對吧）。當時當然很受傷也很消沉，但那經驗對於小說家的我來說，如今感覺起來卻是相當有營養的東西。當時應該也有不少美好的事、快樂的事，但現在還記得的，算起來是比較負面的經驗。回想起來與其快樂的事，不如不太想記得的事反而記得很清楚。結果，或許從這些事，所學到的事還比較多也不一定。

試想起來我所喜歡的小說中，很多是出現很多有趣配角的小說。在這層意義上首先會啪一下浮出腦海的，是杜斯妥也夫斯基的《附魔者》。我想讀過的人應該知道，那本書中出現了很多奇怪的配角。雖然是很長的小說，但讀起來卻非常有趣。很多讓人覺得「爲什麼會有這種傢伙」的多采多姿的人，一個接一個的古怪傢伙陸續現身。杜斯妥也夫斯基這個人一定擁有非常巨大的腦內文件櫃。

以日本小說來說，夏目漱石小說中出現的人物，真是色彩豐富又有魅力。即使只是露一下臉的小角色，也都非常生動，具有獨特的存在感。這些人散發出來的一言一行，一個表情一個動作，都會不可思議地留在心中。讀漱石的小說，我經常感到很佩服，書中幾乎不曾出現一個像是「這裡需要出現一個這樣的人，所以暫且讓他出來一下」之類的湊合的人。不是用頭腦考慮所寫的小說。而是實實在在有身體感受的小說。可以說，文章一句句都是自掏腰包親身體驗過的。這種小說，讀著就讓人非常信服。可以安心地讀。

在寫小說時，我感覺最愉快的事情之一是，「只要有意願想做，自己就可以變成任何一個人」這件事。

我本來以第一人稱「我」開始寫小說，這種寫法持續了二十年左右。短篇有時候會用第三人稱，但長篇小說則一貫使用第一人稱的「我」。當然不是我＝村上春樹（就像不是瑞蒙・錢德勒＝菲力普・馬羅一樣），每一本不同的小說，「我」的人物就會改變，雖然如此，但在繼續以第一人稱寫著時，有時現實上的我和小說中的主角「我」的界限，對寫的人或讀的人而言——某種程度也難免會變得混淆不清。

起初這麼做還不成問題，不如說原本的目的是我自己靠虛構的「我」爲槓桿的支點，建構起小說世界，再擴展下去，但後來漸漸感覺只有這樣不夠了。尤其隨著寫的小說變長變大之後，光靠「我」這個人稱已經感覺有點侷促，呼吸困難了。在《世界末日與冷酷異境》一書中，「僕」與「私」兩種第一人稱在各章分別使用，我想這也是爲了打開第一人稱機能限制的嘗試之一。（譯註：中文版「僕」與「私」都譯成「我」）。

以第一人稱寫長篇小說，《發條鳥年代記》（一九九四・九五）是最後一部。但變得這麼長之後，只以「我」的觀點敘述故事已經不夠用了，於是在各個地方帶進種種小說的技巧。加進別人的敘述，插入長信……總之導入各種說話法的技術，嘗試突破第一人稱的結構限制。但終究還是感覺到「這已經是極限了」，接下來的《海邊的卡夫卡》（二〇〇二）就切換成一半用第三人稱的敘述方式。卡夫卡少年的篇章依舊用「我」當敘述者推進故事，其他篇章則以第三人稱敘述。算是折衷的辦法，但就算只有一半，由於導入第三人稱這個聲音，小說世界的範圍就大幅增加了——我這樣感覺。至少我一面寫這部小說時，自己就感覺比寫《發條鳥年代記》的時候，手法自由多了。

後來所寫的短篇小說集《東京奇譚集》、中篇小說《黑夜之後》，兩部都是從頭到尾純粹是第三人稱的小說。我在其中，總之就像以短篇小說和中篇小說這種形式，確認自己確實是可以使用第三人稱了似的。就像把剛買的跑車開上山路試駕，確認各種機能的感覺那樣。試著依序探尋，算算從我出道以來，到向第一人稱告別，能夠只用第三人稱寫小說爲止，幾乎花了二十年。相當長的歲月啊。

不過人稱的切換，爲什麼需要花費這麼長的時間呢？正確的原因自己也不太清楚。不管怎麼說，我的身體和精神可能完全習慣於用「我」這第一人稱寫小說的方法了。轉換才會如此耗時。對我來說，與其說是單純的人稱的改變，說得誇張一點或許是近乎觀點的根本改變也不一定。

我無論什麼事情，要改變事情的進行過程，天性上似乎都很花時間。例如給小說裡出場的人物取名字，很長期間我也無法辦到。雖然像「老鼠」或「傑」這種像綽號的稱呼還算ＯＫ，但正式的姓名則怎麼都沒辦法取。爲什麼呢？這個問題，我也無法回答。只能說「因爲幫人取名字，感覺怪不好意思的」。也說不上來，可是像我這樣的人擅自賦予人家（就算是自己想出來的虛構人物）名字，覺得「好像在說謊似的」。剛開始或許連寫小說這種行爲本身，對我來說，都覺得很害羞。在寫著小說時，簡直像自己的心就赤裸裸地袒露在人前似的，非常羞恥。

總算能爲主要人物取名字的階段，以作品來說，是從《挪威的森林》（一九八七）開始的吧。也就是說在那之前的最初八年左右，基本上是用沒有名字的人物，以第一人稱寫過來的。回頭想想，一直以來都是逼著自己採取相當不自由的，拐彎抹角的手法在寫小說，只是當時自己並不太在意。自以爲寫小說就是這麼回事，就那樣做著。

不過隨著小說篇幅變長，故事變更複雜之後，我自己也開始感覺到，出場人物沒有名字很不自由。出場人物的人數如果增加，而且他們沒有名字的話，具體上就會開始產生混淆。因此只好覺悟，放棄了，在寫《挪威的森林》時，斷然決定「取名字」。雖然不簡單，但閉起眼睛「嘿」地做下去了，往後爲出場人物取名字就不再困難了。現在更是不再覺得辛苦，可以順暢地想出合適的名字。像《沒有色彩的多崎作和他的巡禮之年》，甚至開始把主角的名字當書名了。爲《1Q84》的女主角取好「青豆」這名字時，故事本身彷彿也得到動能般趁勢往前推進。在這層意義上，名字這東西對小說而言，成爲非常重要的因素。

我在寫每一本新的小說時，似乎都會設定一兩個「好吧，這次試著向這種事情挑戰看看」的具體目標——多半是技術上的，眼睛看不見的目標。我喜歡這麼做。能夠完成新的課題，做到以前無法做到的事情，自己也能具體感受到身為作家正一點一點成長的實在感。就像在一段一段攀登著樓梯那樣。當小說家有一點蠻美好，就算到了五、六十歲，依然還有這種發展和革新的可能。不太有年齡上的限制。如果是運動選手的話，大概就不太行吧。

小說變成第三人稱，出場人物人數增加，他們分別得到了名字，故事的可能性也隨著膨脹起來。也就是說可以讓各種各樣，形形色色，擁有各種意見和世界觀的人物出場，並且能夠描寫這些人多種多樣、交錯遇合的情況。最棒的是，自己「幾乎可以變成任何人」這件事。用第一人稱寫的時候，也有「幾乎可以變成任何人」的感覺，但變成第三人稱時，那種選擇性更是大幅增加。

在寫第一人稱小說時，大多時候我會把主角（或敘事者）的「我」當成〈廣義可能性的自己〉來掌握。雖然那不是「現實中的我」，但如果場所和時間改變的話，自己說不定會變成這個樣子。以這樣的形式延伸下去，或許我可以把自己切割開來。而且藉著切割自己，放進故事性中，也可以用這種方法來檢驗自己，確認自己和他人——或整個世界——的接觸面。剛開始那時候，我很適合這樣的寫法。而且我所喜愛的小說，多半也是以第一人稱所寫的。

例如費茲傑羅的《大亨小傳》也是第一人稱的小說。小說的主角雖然是傑‧蓋茲比，但敘事者卻始終是尼克‧卡拉威這位青年。透過我（尼克）和蓋茲比之間微妙的接觸面，讓故事戲劇性地移動，彷彿費茲傑羅也在述說著自己。這種視角爲故事帶來深度。

但故事是從尼克的視角來敘述的這件事，也意味著小說受到現實上的限制。因爲在尼克眼睛到不了的地方到底發生了什麼，很難反應在故事上。費茲傑羅運用各種手法，把小說技巧總動員起來，巧妙地克服那些限制。當然那樣也有非常有趣的地方，不過這種技術所能下的工夫本身也有限度。事實上，後來費茲傑羅就沒有再寫出像《大亨小傳》這種結構的長篇小說了。

沙林傑的《麥田捕手》也是寫得非常巧妙、出色的第一人稱小說。往後他也不曾再發表過同樣寫法的長篇小說。我推測可能因爲受到那種結構上的限制，擔心小說的寫法會變成「異曲同工」吧。或許他們的這種判斷應該也是正確的。

若以瑞蒙．錢德勒有關馬羅的那些「系列小說」爲例，這種限制所帶來的「狹窄」反而成爲有助於親密的例行程序，並巧妙發揮機能（我早期的「老鼠」角色可能也有一點這樣的地方），可是只在單部作品出現的角色，要突破第一人稱限制的障礙，對作者來說往往會漸漸感到滯礙難行。因此我對第一人稱小說的形式，開始從各種方向去改變，努力嘗試開拓新的領域，直到《發條鳥年代記》時，深深感覺「差不多已經到達極限了」。

《海邊的卡夫卡》書中有一半導入第三人稱，感覺最鬆一口氣的，應該是和主角卡夫卡的故事並行的，包括中田先生（不可思議的老人）和星野青年（有點粗魯的卡車司機）故事的進行。這樣一來，在我把自己分割的同時，也能把自己投影在他人身上。說得更正確一點，就是可以開始把分割的自己託付給別人了。而且因爲這樣做，令組合的可能性大增。故事也因此可以複合性地分枝開來，往各個方向擴展出去。

或許有人會說，那麼何不更早就轉換成第三人稱？那樣就可以提早進步啊。實際上並沒有那麼簡單。雖然個性上不太能通融也有關係，但小說觀點的切換，牽涉到小說結構本身也要大幅調整修改。爲了支撐變化也需要有確實的小說寫作技術和基礎體力。因此只能一邊慢慢看情形，一邊階段性地調整。以身體來說，配合運動目的，骨骼和肌肉也必須一點一點地改造才行。肉體改造——需要勞力和時間。

總之進入二〇〇〇年之後，我因爲得到第三人稱這樣新的故事載具，從此得以一腳踏進小說的新領域。那裡有好大的開放感。忽然轉一圈一看，牆壁不見了，就像這種感覺。

無庸置疑地，角色對小說來說是極重要的要素。小說家必須要把具有現實味，而且非常有趣，言行某種程度不可預測的人物，放在該作品的中心——或中心附近——才行。如果是好像可以預料的人物，只會說一些可以料想到的話，做出一些全是可以預測的事情，這種小說應該不會有太多讀者拿起來讀。當然可能也有人會說「能把那種普通的事情，寫得很普通的小說，是很優秀的」，但我（純屬個人偏好）對這種故事不太感興趣。

不過我認爲對小說的角色來說，比「眞實、有趣、某種程度不可預測」更重要的，是「那個人物能把故事往前引導多少」這件事情。雖然創造這個出場人物的當然是作者本人，但其實這些人物在書中是活著的，從某個時間點之後會脫離作者的手，開始自己行動起來。這件事不只有我，還有很多小說作者都這樣主張。如果沒有發生這種現象的話，繼續寫小說是相當枯燥的事，應該會變成很辛苦的作業。但當小說順利上軌道之後，出場人物會一一自己動起來，故事也自己向前進展，結果，小說家只是把眼前進行的事情照樣寫成文章就好，會出現這樣極其幸福的狀況。有時候，那些角色甚至會牽起小說家的手，引導著他或她，去到一個事先想都沒想過的意外的地方。

舉個具體的例子，就拿我最近的小說來說。我所寫的長篇小說《沒有色彩的多崎作和他的巡禮之年》中，出現了一位名叫木元沙羅的美麗女人。老實說，我本來是打算寫短篇而開始寫這篇小說的。以稿紙來說預計大約六十頁左右。

情節簡單說明是這樣，主角多崎作出身名古屋，高中時代非常要好的四個同班同學對他說「我們不想再見你。也不想跟你說話」。他們沒有說明理由，他也沒有特別問。他進了東京的大學，在東京的鐵路公司就業，現在已經三十六歲。高中時代被朋友不告知理由就絕交的事，在他心中留下深深的傷痕，但他把傷痛藏在內心深處，現實中過著安穩的生活。工作順利，周圍的人對他懷著好意，也交過幾個女朋友。只是跟誰都沒辦法擁有深入的精神關係。

然後他遇到大他兩歲的沙羅，成爲戀人關係。

在一個偶然的機會下，他忽然把高中時代被四個一直很親近的好朋友絕交的經驗，告訴沙羅。沙羅思考了一下之後說，你必須立刻回去名古屋，查清楚到底十八年前發生了什麼事。她說「（你）不是去看自己想看的東西，而是去看不得不看的東西喔」。

老實說，我在沙羅這樣說之前，沒有想到過，多崎作會去見那四個人。我以爲，多崎作在不知道自己的存在爲什麼被否定之下，人生會就不得不安靜地，神秘地活下去，我本來打算寫這樣比較短的故事。但因爲沙羅那樣說了，（她對作說了那些話，我只是照那樣寫成文章而已），我不得不讓他去名古屋，而且最後還送他去到芬蘭。那四個人分別是什麼樣的人，每個角色分別擁有什麼樣的個性都必須重新一一建立，甚至必須具體描寫他們分別走過什麼樣的人生。結果，當然故事就變成長篇小說了。

也就是說，沙羅口中說出的一句話，幾乎在一瞬之間，讓這部小說的方向、性格、規模和結構都爲之一變。對我自己來說，也是非常大的驚奇。試想起來，她不是在對主角多崎作說，其實是在對身爲作者的我說的。「你必須從現在開始往前寫。因爲你已經踏入那塊領域，學到那種功力了」。換句話說，或許沙羅也是我的分身的投影。她是以我的意識的一個面向，告訴我自己，不可以停留在我現在的地點。她說「再往前面更深入去寫吧」。在這層意義上，這本《沒有色彩的多崎作和他的巡禮之年》對我來說，或許變成有絕對意義的作品。雖然就形式上來說，可以稱爲「寫實主義小說」，但我自己在想，其實是水面下各種東西複合性地，而且隱喻性地進行著的小說。

我小說中的角色們，或許比我所意識到的更用力在催促、鼓勵、和在背後支持身爲作者的我往前進。那也是在寫《1Q84》時，一邊描寫著青豆的言行，一邊深深感受到的事。她好像把我心中的什麼牽動起來擴張開來了啊。不過我回想起來，書中的男性角色遠不如女性角色對我有更多的引導和驅動。雖然我自己也不知道爲什麼。

我想說的是，在某種意義上，小說家在創作小說的同時，自己的某部分，也被小說創作了。

有時我會被問到「爲什麼不寫跟自己同年代的人爲主角的小說？」例如我現在是六十歲代中期，爲什麼不寫那一代人的故事？爲什麼不談那些人的生活方式？那不是作家的自然行爲嗎？

但我不太了解，爲什麼作家一定非要寫和自己同年代的人不可呢？爲什麼那是「自然的行爲」呢？就像我在前面已經說過的那樣，在寫小說時我感覺最快樂的事情之一是「只要有那個意願，就可以變成任何一個人」這件事。那麼我爲什麼非要自己放棄那美好的權利不可呢？

在寫《海邊的卡夫卡》時，我是五十歲出頭，主角設定爲十五歲的少年。而且在寫著之間，我感覺到自己好像是十五歲的少年。當然那應該不同於當前十五歲少年所應該「感覺到」的東西。完全只是把我十五歲時的感覺，虛擬地搬移到「現在」的東西。不過一面寫著小說時，我自己十五歲時實際呼吸的空氣、實際目睹的光線，幾乎能夠原原本本、鮮明清晰地在自己心中重現。長久以來一直深埋在自己內心深處的隱密感覺，藉著文章的力量終於能夠巧妙地牽引出來。那該怎麼說呢，實在眞是美妙的經驗。這種感覺或許只有小說家才可能嚐到。

不過那種「美妙」如果只有我一個人才能單獨享受的話，那作品就不能成立了。必須要相對化才行。換句話說，那種類似喜悅的東西，必須轉化成能和讀者共享的形式才行。因此我讓中田先生這位六十歲代的「老人」出場。中田先生某種意義上也是我的分身。我的投影。在他身上有這種要素。然後由於卡夫卡和中田先生並行，互相呼應的關係，小說才獲得健全的均衡。至少身爲作者的我當時這樣覺得，現在也這樣認爲。

或許有一天我會寫出場主角和我同年代的小說。但我不覺得現在這個時間點「無論如何有必要」。我的情況，首先是小說的創意啪一下產生。然後故事從那個創意自然地自發性地擴展下去。就像我最初說的那樣，那裡會出現什麼人物，完全由故事自己決定。不是由我思考和決定的。身爲作家的我只是一個忠實的筆記者，遵從那指示去做而已。

有時候我可能變成一個擁有同性戀傾向的二十歲女人。有時候我可能變成一個三十歲失業的家庭主夫。我伸腳穿上當時人家給我的鞋子，而且配合那個人物的尺寸開始行動。不過這樣而已。不是鞋子來配合腳的尺寸，而是腳去配合鞋子的尺寸。現實上絕對辦不到的事，不過身爲小說家長久工作下來，這種事自然會變成可能。因爲那是虛擬的事情。而且所謂虛擬的事，就像在夢中發生的事一樣。所謂夢——無論那是在睡覺時所做的夢，還是醒著時所做的夢——幾乎沒有選擇餘地。我基本上只能跟隨著那流向走。而且只要自然地跟著走的話，各種「本來不可能的事」，就會自由地變成可能。這正是寫小說這件事最大的喜悅。

每次被問到「爲什麼不寫以自己同年代的人爲主角的小說？」時，我就很想這樣回答，不過要說明起來太花時間，而且我也不認爲對方這麼容易就能理解，因此經常都適度含糊帶過。笑咪咪地說「這個嘛，下次也許會寫吧」之類的。

不過和那無關——跟要不要讓角色出場無關——以非常普通的方式來說，要客觀而正確地凝視「現在正在這裡的自己」這東西，也是相當困難的作業。現在的所謂現在進行式中的自己，也是相當難掌握的東西吧。或許正因爲如此，我才會把自己的腳穿進各種不同尺寸，不是自己的鞋子裡，藉著那樣，或許可以總合性地檢證現在在這裡的自己。就像以三角法測定位置那樣。

無論如何，關於小說的出場人物，我還有太多需要學習的事情。同時，從我筆下小說中出場的人物也還有許多不能不學的事情。我想今後還會在小說中讓各種奇怪的、不可思議的、而且多采多姿的角色出場，讓他們自由呼吸。在開始寫每一本新小說的時候，我的心經常都會怦怦地跳。想想這次不知道又會遇到一些什麼樣的人。

第十回 為誰而寫？

接受專訪時，會被問到「村上先生想為什麼樣的讀者寫小說？」每次我都會猶豫不知該如何回答才好。因為我本來就沒有特別為誰而寫小說的意識，現在也沒有。

為自己而寫，我想某種意義上這是事實。尤其半夜在廚房的桌上寫第一本小說《聽風的歌》的時候，完全沒料到那會接觸到一般讀者的眼睛（真的），我大概只意識到自己「心情是否變好」地寫著小說。我把存在自己心中的幾種印象，用自己能習慣，自己能理解的語言，將那樣的語言巧妙地組合起來，化為文章的形式……滿腦子想的就只有這些。無論如何，對什麼樣的人會讀這本小說（像小說的東西），這些人對我寫的東西能共鳴嗎？這裡面含有什麼樣的文學性訊息嗎？我完全沒有餘裕去考慮這些麻煩的事，也沒有必要考慮。可以說相當乾淨清爽，真的很單純。

而且我想其中可能也含有「自我療癒」的意味。因為所有的創作行為或多或少，都含有自我修補的意圖。換句話說，藉著將自我相對化的動作，也就是藉著把自己的靈魂套用到和目前不同的形式上去，讓活著的過程中難免產生的各種矛盾、偏差、扭曲，得以消解——或昇華。而且如果順利的話，把那樣的作用和讀者共享。雖然沒有特別具體意識到，但我的心或許也在那個時候，本能地在尋求這種自我淨化作用。因此才會非常自然地想要寫小說吧。

後來那部作品獲得文藝雜誌的新人獎，印成書本出版了，銷售成績尚可也獲得好評，讓我也算站上名為「小說家」的位置，從此以後不管願不願意，都不得不意識到「讀者」這個存在。想到自己所寫的東西化成書本排列在書店的書架上，我的名字堂堂印在封面上，不特定多數的人會拿起來閱讀，因此不得不懷著適度的緊張來寫。雖說如此，「為自己高興而寫」的基本立場，感覺上似乎並沒有多大改變。我想，如果自己寫著時覺得快樂，想必在什麼地方一定也有讀者讀了會同樣感到快樂。數目也許不太多，不過那樣就夠了吧。如果能和這些人的心情好好的、深深的相通的話，暫且心滿意足了。

繼《聽風的歌》之後，包括《1973 年的彈珠玩具》，還有短篇集《開往中國的慢船》《遇見 100% 的女孩》，大致上以這種自然的、樂觀的，相當輕鬆的姿勢在寫。當時我還有其他工作（本業），開店的收入就可以餬口了。說起來小說只是「像興趣般」利用業餘空閒時間寫的東西。

有一位著名的文藝評論家（已經過世）曾嚴厲地批評我最初的小說《聽風的歌》說，「如果把這種程度的東西想成文學的話就傷腦筋了」，我看到之後，很坦率地想「嗯，當然也會有那種意見吧」。被那樣說，我並沒有特別反彈，也沒有生氣。因爲那個人和我，對所謂「文學」這東西的掌握，從一開始就不相同。那部小說思想上如何，社會任務如何，是前衛是後衛，是不是純文學，對我來說完全沒考慮這些。這邊是從類似「只要寫的時候快樂就行了吧」的姿勢開始的，因此本來話就不可能談得攏。《聽風的歌》中，出現一位名爲戴立克．哈得費爾的虛構作家，他的作品中就有一本小說名叫《心情愉快有什麼不好？》（What's Wrong About Feeling Good?）正是當時盤據在我腦子裡的中心思想。心情愉快有什麼不好？

現在回想起來可以說想法簡單，或者粗糙，因為當時還年輕（三十歲出頭），才剛經歷過學生運動的浪潮，那種時代背景也有關係，類似的反抗精神還很強，所以說起來那也是所謂的「對立」，我基本上對所謂權威、或體制，維持抗拒般的對立態勢（雖然有點像任性的孩子，但回過頭來以結果來看，那樣也未必不好。

這種態勢的慢慢改變，是從寫《尋羊冒險記》的時候開始的。自己大概也知道，如果照這樣「心情愉快有什麼不好」似的寫法走下去，當一個職業作家，日後可能會在什麼地方走進死胡同。就算讀者現在以風格「嶄新」而接受、喜歡那本小說，如果繼續讀同樣的東西，不久可能也會開始膩。應該會出現「咦，怎麼又是這個」的反應。當然連寫的我自己，都會開始覺得膩。

況且我本來就不是為了想寫那種風格的小說而寫的。而是因為還沒有正面迎戰寫長篇小說的文章技法，暫且只會用那種「稀鬆」般的寫法，於是就以那種方式寫而已。誰知道那種「稀鬆法」碰巧令人耳目一新感覺新鮮。只是以我來說，既然好不容易當上了小說家，就想嘗試寫寫看稍微有深度和大器的小說。不過雖說是有「深度和大器」，並不是指想寫文藝性端正嚴肅的小說，或主流派文學。只是想寫自己寫起來心情愉快，而且同時又具有正面突破力道的小說。不只是把自己心中的印象，片段性、感覺性地化爲文章而已，還想把我心中所擁有的創意和意識，以更綜合性、立體性的文章建立起來。

我在前一年讀了村上龍的長篇小說《寄物櫃的嬰孩》，深感佩服，「這眞了不起」，但那是只有村上龍才寫得出來的東西。又讀了中上健次的幾部長篇小說，也深感佩服，但那也是只有中上先生才能寫的東西。都和我想寫的東西不同。當然，我也必須開拓屬於我自己的道路。我一方面把那些已出版的作品所含有的力量，當成具體例子來思考，一方面想著必須寫出只有我才能寫得出來的東西。

爲了回答那樣的命題我開始執筆創作《尋羊冒險記》。我的基本構想是——盡量讓自己現有的文體不加重，不損及那種「心情愉快」（換句話說就是不要採用所謂「純文學」的裝置），讓小說本身變深加重。因此必須積極導入故事這架構。以我來說，這點非常清楚。而且如果寫作當作重心的話，無論如何會變成浩大的工程。不能像以前那樣在「本業」的餘暇當興趣做。因此我在開始寫《尋羊冒險記》之前，就把原本經營的店賣掉，變成所謂專業作家。當時雖然店的收入比文筆活動大，但還是想開了決定乾脆割捨。因爲想讓生活本身集中在寫小說這件事情上。把自己所擁有的時間全部用在小說的執筆上。說得有幾分誇張的話，就是「破釜沉舟」，讓自己無法回頭。

周圍的人幾乎全體反對「不要那麼急比較好吧」。店的生意正在好轉，收入也安定，現在放手太可惜了！普遍的意見都說，店的經營先找人幫忙，自己去寫小說不好嗎？當時大概大家都認爲，我光靠寫小說無法餬口吧。不過我沒有猶豫。我從以前就有「想做什麼，就要徹底全力投入」的地方。「把店暫且交給誰管」這種事，性格上首先就辦不到。這是人生的緊要關頭。一定要有所覺悟，痛下決心才行。總之一次就好，想試著寫小說，讓自己把所有的力氣完全擠出來。如果不行就不行也沒辦法。可以再從頭來過啊。我當時這樣想。我把店賣掉，爲了專心寫長篇小說也搬離東京。想離開都會，過早睡早起的生活，爲了維持體力每天開始跑步。痛下決心，徹底改變生活。

可能從這時候開始，我不得不把讀者的存在清楚地放在心上。不過是什麼樣的讀者，具體上我並沒有去多想。因爲，也沒有必要多想。當時我才三十出頭，會讀我寫的東西的，怎麼想都是同世代，或者更下面的世代。也就是「年輕男女」。當時我還是「新進年輕作家」（用這字眼有點不好意思），會支持我的作品的，顯然是年輕世代的讀者。他們是什麼樣的人，在想什麼，也不必一一多加思考。身爲作者的我和讀者，當然是一體的。回頭看來，對我來說，那可以稱爲作者和讀者的「蜜月」時期吧。

《尋羊冒險記》因爲有種種情況，刊登的雜誌「群像」編輯部當時對我相當冷淡（記憶中），但幸虧得到許多讀者的支持，評論也上上，書比預期暢銷。換句話說我以專業作家的身分，算是順利踏出了第一步。而且也達到了

「做自己想做的事，以方向來說沒有錯」的確認回應。在這層意義上，《尋羊冒險記》才是作爲長篇小說作家的我來說，實質上的出發點。

然後歲月如流，我來到六十歲代的一半，距離新進年輕作家的時候已經相當遙遠了。雖然沒有特別這樣打算，但隨著時間經過，人的年齡自然會增加（沒辦法啊）。會拿起我的書的讀者層，也隨歲月在改變。或者說，應該是理所當然。不過被問到「那麼現在，是什麼樣的人會拿起你的書來呢？」我也只能回答「啊，完全不知道」。眞的不知道。

很多讀者寫信給我，另外也有一些機會和幾個讀者直接見面。但他們的年齡、性別、和居住區域都很分散，我的書主要是哪些人在讀的，我腦海中無法浮現具體形象。我覺得不僅我無法掌握，可能出版社的營業人員也不太清楚實際狀態。除了男女的比例正好大約各半，女性讀者據說以美女居多之外——這不是謊言——其他看不到什麼共通特徵。從前在都市地區比較暢銷，鄉村賣得比較差，好像有過這種傾向，但現在地區的差別並不明顯。

那麼你是在完全不知道讀者形象的前提下寫小說的嗎？或許有人要這樣說，但試想起來也許說得完全沒錯。我的腦子裡並沒有具體的讀者形象。

依我所知，很多作家的年齡似乎會和讀者重疊。也就是作家年齡增加的話，一般而言，讀者年齡也會隨著增加。因此作者的年代和讀者的年代，互相重疊的情況似乎不少。這要說容易懂也真容易懂。如果是這樣的話，當然會針對和自己同年代的讀者寫小說。但是我的情況似乎不是這樣。

其次也有些小說類別是從一開始就鎖定特定年代、特定階層為目標的。例如青少年小說是以十幾歲少男少女，羅曼史小說是以二十歲代、三十歲代女性，歷史小說、時代小說之類是以中高年齡男性為目標讀者來寫。這也容易懂。但我寫的小說和這些也有些不同。

結果，話在這裡繞一圈，又回到最初的地點，因為完全不知道是什麼樣的人會拿起自己的書來讀，因此才變成「只好為自己高興而寫了」。可以說是回歸原點嗎？眞是不可思議啊。

只是我當上作家，定期出版書之後，學到一個教訓。那就是「不管寫什麼，怎麼寫，結果都會在某個地方被說壞話」這件事。例如寫了長一點的小說，就會被說「太長了。冗長。只要一半左右應該就能寫好的」之類的，如果寫短一點的小說，就會被說「內容單薄。空洞。顯然力量鬆散」。同一本小說在某處是「重複同樣的事，老套、無聊」，在別的地方又被說成「前面的比較好。新的設計空轉」。試想起來，從大約二十五年之前就一直被說「村上落後現在的時代，已經完了」。批評的一方很簡單（只要想到什麼就說什麼，因爲不必具體負責），被批評的一方，如果斤斤計較，身體可吃不消。因此自然就變成「隨便你們說吧。反正都會被痛批，不如自己想寫什麼，就照想寫的方式寫吧」。

瑞奇．尼爾森（Rick Nielsen）後期的歌中有一首〈Garden Party〉，其中有這樣內容的歌詞。

如果不能讓全部人快樂
就只好自己快樂吧

這種心情我也很了解。就算你想讓全體都快樂，這種事情現實上卻不可能，只有自己空轉白忙而已。不如想開了，去做能讓自己最快樂的事，做自己「想這樣做」的事，依自己想做的方式做，就行了。那麼就算評語不好，就算書賣不好，也可以想成「算了，沒關係。至少自己快樂了」。就多少可以接受。

還有爵士鋼琴家瑟隆尼斯．孟克這樣說。

「我想說的是，只要照你想做的那樣去演奏就行了。不必考慮世間想要什麼。想怎麼演奏就怎麼演奏，讓世間理解你在做什麼就行了。就算要花十五年、二十年也沒關係。」

當然，能讓自己快樂，並不保證最後就能成爲出色的藝術作品。不用說，其中必須要有嚴峻的自我相對化作業。獲得最低限度的支持者，也是身爲專業人的必要條件。不過只要某種程度能達到這點，我想其他方面「自己能快樂」「自己能認可」或許就成爲最重要的標準了。因爲一面做著不快樂的事一面活著，人生未免太不快樂了。不是嗎？心情愉快有什麼不好——哦，又回到這個出發點了。

雖然如此，如果還是有人再當面問我「你眞的是只想著自己的事在寫小說嗎？」時，我也會回答「不，當然不會這樣」。就像前面說過的那樣，我身爲一個職業作家，經常都把讀者放在念頭上寫文章。忘記讀者的存在——就算想忘記——也不可能，而且也不健康。

不過就算把讀者放在念頭上，也不是像企業要開發新商品時那樣，先做市場調查、消費者階層分析、再設定具體的目標顧客那樣。我腦子裡所浮現的，終究只是「虛擬的顧客」。那個人並沒有年齡、職業和性別。當然實際上可能有，但那些都是可替換的。也就是說那些並不是重要的因素。重要的，應該不可能替換的是，我和那個人是連繫著這個事實。至於是在什麼地方如何連繫著，細微情況並不清楚。但在非常下面的，黑暗的地方，我的根和那個人的根是連繫著的，這種接觸的感覺是存在的。不過實在是太深太暗的地方了，也不能到那裡去看個清楚。然而透過故事這個系統，我們可以感覺到彼此是連繫在一起的，能確實感覺到養分是來回相通的。

不過我和那個人，就算走在巷弄裡擦肩而過，坐在電車上相鄰的座位，排在超級市場收銀台前一前一後，也不會留意到彼此的根是相連的（幾乎不會）。我們只會以不認識的陌生人擦肩而過，毫不知情地分別走開而已。恐怕再也不會相遇。然而實際上我們在地下，在突破日常生活這堅硬表殼的地方，是以「小說式」的方式連繫著的。我們在內心深處擁有共通的故事。我所想像的讀者，大概像這樣。我一邊希望這樣的讀者能盡量讀得快樂，能從中感覺到什麼，一邊每天寫著小說。

跟他們比起來，平常在現實世界周圍的人便相當麻煩。我每次寫出新的書時，就有人喜歡，有人不太喜歡。就算沒有明白說出意見或感想，只要看他們的臉色大概就知道了。這也是理所當然的吧。因爲人都會有偏好。不管我多麼努力，就像瑞奇·尼爾森唱的那樣，「不可能讓全部人都快樂」。加上若是即刻看到周圍衆人的那種個別反應，對寫的人來說是相當麻煩的事。這種時候，只好簡單地想開「還是只能自己快樂就好」。這兩種態度，我會視場合適度分開使用。這是我長年以來在作家生涯中學到的技巧。更貼切的說是生存的智慧。

我寫的小說好像能被各世代的人閱讀令我覺得很開心。常常收到「我們家上下三代的人，都在讀村上先生的書」之類的信。奶奶在讀（她可能是我過去的「年輕讀者」），媽媽在讀，兒子在讀，他妹妹在讀……類似這種事好像到處在發生。聽到這種話，我會非常開心。一本書在一個屋簷下能讓幾個人傳閱，那本書可以說充分被活用了。當然五個人能分別買一本的話書的銷量可以增加，出版社可能會很感謝，但以作者來說一本書能讓一家五個人珍惜地讀，老實說更開心。

一想到原來是這樣時，老同學打電話來，說「我們家上高中的兒子把你的書全部都讀了喔，我常常跟兒子談到那些書的事。平常父子幾乎沒話可說，不過一談到你的書時，還滿有得聊呢」。也有這種經驗。聲音的調子好像有點開心。是這樣嗎？我想我的書對人世間也有一點用處嘛。至少對親子間的溝通有幫助。我想這可是不容小覷的功績呀。我雖然自己沒有孩子，但別人的孩子們如果能開心地讀我寫的書，而且從中產生類似共鳴的話，即便作用微小，但我總算爲下一個世代留下一點什麼了。

只是說到現實層面，我想我和各位讀者之間，可以說幾乎沒有直接關係。首先我不會在公共場所出現，也很少在媒體上露面。從來沒有主動在電視和收音機上演出過（雖然無奈但有幾次被擅自拍到）。也不做簽名會。常常被問到爲什麼，因爲畢竟我是職業作家，我最擅長的事情是寫小說，以我來說盡可能想把全力投注在這方面。人生苦短，手頭擁有的時間和精力也有限。不太想在本業之外的事情上花掉時間。只是一年有一次左右會在外國演講、朗讀、或開簽名會。因爲這是身爲日本作家的一個職責，我想某種程度不得不做的事。關於這方面的事，我想另外找機會談。

只是到目前爲止，有幾次在網際網路上開設網站。每次都以幾星期爲限定期間營運，收到非常多電子郵件。而且我原則上收到的信全部都會過目。太長的不得不只能瀏覽過去，但總之寄來的信我全都會讀。

而且收到的信有十分之一左右寫了回信。有回答問題，回應商量，或寫對訊息的感想……從較輕的評語，較鄭重的長答，有各式的互動。在那期間（也有長達數月的）幾乎放下一切工作，拼命寫回信，但收到信的人，很多似乎不相信是我本人寫的回信。以爲是別人代寫的。娛樂圈的人回粉絲的信好像很多例子是用代筆的，他們以爲一定也是那樣。雖然我在網頁上聲明「回信都是我親自寫的」，好像還是有人不相信。

尤其年輕女孩子很高興「收到村上先生的回信」時，男朋友就會澆冷水說「妳這個傻瓜！那種回信怎麼可能由本人一一去寫。村上也很忙啊。一定有人代勞寫，只是表面上說是自己寫的而已」。這種狀況好像很多。實在搞不懂，世上似乎有相當多人疑心病很重（或者實際上有很多騙子）。不過我眞的自己很勤快地寫回信。我想我寫電郵的回信之類的速度相當快，雖然如此但量太多，所以變成相當吃力的作業。不過做起來很有趣，也學到很多事情。

因此，像這樣和實際的讀者直接通信，讓我確實領會到一件事。那就是「這些人以一個總體，正確地理解我的作品」這件事。看著一個一個個別的讀者時，有時會有誤解，或想太多，或不是沒有「這有點會錯意」的地方（對不起）。即使自稱是我的「熱烈愛讀者」的人們，若提到個別的作品，有的會讚美有的會批評。有共鳴的也有頂撞的。各種意見一一看下去時，好像根本完全不同。但退後幾步，從稍微離開一點的地方眺望整體時，卻有「這些人整體上來說，非常正確而深入地理解我，或我寫的小說啊」的眞實感。雖然個別之間有細微出入，但那些全部相抵後，最後看起來則確實平均地落在該著落的適當之處。

「嗯，原來如此，是這麼回事啊」我當時這樣想。好像覆蓋在山頂的雲霧忽然散開放晴了那樣。能得到這樣的認識，對我來說我想是相當難能可貴的體驗。可以稱爲網際網路體驗吧。但因爲實在是太重的勞動了，同樣的事情我想以後可能無法再做。

前面說過，我把「虛擬讀者」放心上寫著，我想和這個「總體的讀者」幾乎是同義的。因爲所謂總體這印象太大了，無法適度收進腦子裡，因此我暫且把那濃縮成「虛擬讀者」這單一的個體。

到日本的書店去時，常常有區分爲男作家和女作家的不同區域。外國的書店好像不太做這種區別。也許有些地方有，但至少我到目前爲止沒看過。那麼，爲什麼要這樣男女區別呢？我試著想了很多，或許女讀者讀女作家寫的書較多，男讀者讀男作家寫的書較多，因此「爲了方便起見，從一開始就把賣場分開」也說不定。試想起來，我好像也是女作家的書，不如男作家的書讀得多一點。不過這並不是因爲「是男作家的書所以讀」，只是結果碰巧這樣而已。當然我也喜歡很多女作家。例如以外國作家來說，我就非常喜歡珍．奧斯汀、卡森．麥卡勒斯。她們的作品我全部讀了。我也喜歡艾莉絲．孟若，也翻譯了幾本格雷絲．佩利（Grace Paley）的作品。因此覺得輕易把男女作家斷然分開的賣場眞是傷腦筋（因爲這樣一來只會讓被讀的書更區分男女），不過這只是我的意見，社會並不會傾聽。

前面也寫過，以我個人來說，我所寫的小說，讀者的男女比率大致相同。雖然沒有眞正地做過統計調查，但過去曾經和各種讀者見面談過話，其次就像前面寫的那樣，我也做過網際網路的通信來往，獲得「啊，讀者大約男女各半」的實際感覺。在日本是這樣，在外國好像也是這樣。取得很好的平衡。雖然不知道原因，但我覺得這應該是値得眞心歡喜的事。全世界人口大體上是男女各半，書的讀者也是男女各半的話，應該是自然而健全的事。

跟年輕女讀者談話時，曾經被問過「村上先生（六十多歲的男人了）爲什麼這麼了解年輕女人的心情呢？」（當然一定也有很多人不這麼想的，不過這只是讀者意見之一暫且舉例而已。對不起）。因爲我從來也沒有想過自己了解年輕女人的心情（眞的），所以被這麼一說相當驚奇。遇到這種情況時我就回答「大概是一邊寫故事時，一邊拼命努力變成那出場人物，所以會漸漸自然知道那個人會有什麼感覺，會想什麼吧。我是說只有在小說上。」

換句話說在小說這樣的設定中，讓角色在動著時，某種程度會知道這種事情，那跟所謂「很瞭解現實中的年輕女人」有一點不一樣。如果是活生生的人的話，很遺憾，我也不太能了解。不過現實中活生生的年輕女性們——至少一部份——能享受我（也就是六十多歲的大叔）所寫的小說，能和其中出場的人物產生共鳴的話，對我來說，是比什麼都高興的事。老實說，我想會發生這種事情，幾乎是接近奇蹟吧。

當然世間有適合男讀者的書，也有適合女讀者的書實在很好。這種東西還是有必要的。不過我自己心想，如果自己所寫的書，能夠不分男女同樣喚起讀者的心，感動他們的話該有多好。而且如果戀人、男女團體，或夫婦、親子、能熱心交談有關我的書，更是沒有比這更開心的事了。因爲我經常在思考，小說這種東西，故事這種東西，是擁有能勸解男女之間、世代之間的對立，和其他種種固有陳規的對立，具有緩和衝突機能的東西。不用說那是美好的機能。我悄悄希望自己所寫的小說在這個世界，能扮演一點點這種正面角色就好了。

•

如果以一句話來說——太白了不好意思說出口——我從出道以來，就一直受到讀者的愛顧，深深感謝。不過在評論方面也從沒變過，長年以來我卻繼續站在受到嚴厲批判的立場。即使出版我的書的出版社裡，對我寫的東西，支持我的編輯人數好像還不如批判我的編輯人數多。因爲這種種，經常聽到某種嚴厲的話，受到冷淡的對待。甚至總有一直頂著逆風（雖然不同時期有強有弱），一個人孤獨地默默工作的感覺。

雖然如此我還是能不氣餒地撐下來（不過偶爾覺得有點吃力），我想是因爲讀者都能確實地繼續支持我的書的關係。而且，這種事由自己口中說出似乎不太恰當，但他們眞的是品質很高的讀者。例如讀完之後不會說「啊，很有趣」就把書隨便放在什麼地方就忘了，而是很多讀者好像會重新思考「爲什麼會這麼有趣？」而且有一部份——絕對不算少數的人——同一本書會重讀一遍。也有些是在幾十年之間重讀好幾遍的。有些人會把書借給意氣相投的朋友讀，並互相交換意見和感想。這樣藉著各種方法、多面向地理解故事，或確認共鳴的方式。我從很多讀者口中聽到這些事。而且每次都不得不深深感謝。這種事情，對作者來說眞的是理想讀者的讀法（我自己年輕時，也曾經以這種方式讀書）。

此外，將近三十五年左右，每次出書時，讀者的人數都在確實地繼續增加，這點也令我頗感自豪。當然《挪威的森林》是壓倒性地暢銷，但除了這種帶有一時性數字變動的「浮動層」讀者之外，還是可以看到等候我新書出來，一出版就立刻會買來讀的「基礎層」人數，繼續逐漸在增加。從數字上看是這樣，從手感上也可以清楚感覺到。那傾向不只在日本，在外國也在確實擴大著。有趣的是，日本的讀者和海外的讀者，現在大致上好像是以相同的讀法在讀。

換句話說，我和讀者之間聯繫著筆直的粗管道，經年累月才打造起這個直接交流的系統。這是不（太）需要透過媒體和藝文界作爲「仲介業者」的系統。其中最重要的關鍵在於作者和讀者之間自然產生的「信賴感」。如果沒有許多讀者認爲「如果是村上的書，就買來讀吧。不會有損失」的信賴關係的話，無論有多粗的直通管道，這種系統也無法長期繼續營運。

以前，我和作家約翰．厄普戴克私下見面談話時，關於和讀者連繫的這件事他對我說了一句有趣的話。「嘿，對作家來說最重要的事情是，hit the main line。不過這不是一句好話。」所謂「hit the main line」是美國的俗語，打靜脈注射，就是讓對方上癮（成爲毒品常用者）的意思。建立這種切也切不斷的關係。建立等不及下一次注射的關係。以這種比喻來說明就非常容易懂，由於概念上相當具有反社會性，因此我採用比較安穩的修辭，稱之爲「直通管道」，不過，意思大概相同。作者和讀者個人之間的直接交易（「大哥，怎麼樣，有好東西喲」）——不可缺少的肉體的親密感。

有時會收到讀者有趣的來信。用語是這樣：「讀到村上先生的新書很失望。很遺憾我不太喜歡這本。不過下一本我絕對會買。加油喔！」老實說，我喜歡這樣的讀者。我覺得很感謝。因爲這裡頭確實有「信賴關係」。我想，爲了這些人，我非得好好寫「下一本」不可。而且衷心希望那本書能獲得他／她的喜歡。不過因爲「無法獲得所有人的喜歡」，所以實際上會怎麼樣，我也不知道。

第十一回

到海外去。尋找新邊境

我的作品眞正被介紹到美國，大約是接近一九八〇年代尾聲，由「講談社國際」（ＫＩ）翻譯出版英語版《尋羊冒險記》的精裝本，以及《紐約客》雜誌採用、刊登了幾篇短篇小說，才開始起步的。當時講談社在曼哈頓的中心擁有辦公室，採用當地的編輯，相當積極地開始活動，準備在美國拓展出版事業。這公司後來稱爲「講談社美國」（ＫＡ）。詳細情況雖然不算太了解，不過我想是講談社的子公司，屬於當地法人。

以華裔美國人 Elmer Luke 主導編輯，還有其他幾位能幹的當地職員（企畫和業務專家）。社長是白井先生，不像日本式主管那麼囉嗦，是盡量讓美國人同事自由活動的人。因此公司氣氛也相當活潑自在。美籍工作人員對於出版我的書都很熱心支持。不久之後，我搬到紐澤西州去住，因此到紐約時也會順道去位於百老匯的ＫＡ辦公室，和他們親密地聊天。雖然是日本公司，氣氛上卻更接近美國公司。他們全體都是道地的紐約人，充滿朝氣又能幹，一起工作很有趣。那個時代的種種事情，對我來說，如今都成爲快樂的回憶。當時我也才剛過四十歲不久，經歷過各種有趣的事。現在我和他們當中幾個人還有親密的交情。

感謝奧夫瑞．奔鮑（Alfred Birnbaum）新鮮的翻譯，《尋羊冒險記》比預期的更受好評，不但《紐約時報》大加報導，約翰．厄普戴克在《紐約客》上也幫我寫了很長且善意的評論，但我想離商業上的成功還很遠。「講談社國際」本身在美國還算是新公司，我自己當然也還藉藉無名，這種書不會被書店放在好位置。如果像現在那樣有電子書，或網路販賣之類的也好，但那是後來的事。所以雖然某種程度造成話題，卻沒有直接帶動銷售。這本《尋羊冒險記》後來由Vintage（蘭登書屋集團子公司，Random House）出版平裝書，才扎實地成為長銷書。

接著又出了《世界末日與冷酷異境》《舞．舞．舞》，一樣受到好評，算是造成話題了，但整體來說仍停留在「小眾式」作品，只擁有少數狂熱支持者，銷量依然未見起色。當時日本經濟正處在巔峰狀態，連《日本第一》

（Japan as Number One）那樣的書都出了，就是所謂「趕快趕快」的時代，但沒有特別擴及文化層面。跟美國人談話時，話題大多會轉到經濟問題，至於文化方面的話題則提不起勁。雖然坂本龍一先生和吉本芭娜娜小姐當時已經相當知名，（歐洲暫且不提）但至少在美國市場，人們的眼睛積極轉向日本文化的潮流還沒有形成。說得極端一點，當時日本只被當成像「錢多得不得了，卻不明底細的國家」。當然也有人讀過川端、谷崎、三島，也給日本文學很高的評價，但畢竟只是一小撮知識份子。他們大體上都是住在都市裡「清高的」讀書人。

因此當我的短篇小說賣了幾篇給《紐約客》時，我覺得非常高興（因爲這件事對於一直是這本雜誌忠實讀者的我來說，簡直像做夢一樣），只是很遺憾無法從那裡再往前突破一級。以火箭來說，第一段的初步推進沒問題，但第二段的推進卻無效‧從那時候開始到今天爲止，我和《紐約客》雜誌的友好關係，即便在總編輯和責任編輯換人之後依然不變，那本雜誌對我來說，成爲在美國最放心的主場。他們好像特別喜歡我作品的風格（也許符合他們的「公司風格」），還跟我簽了「專屬作家合約」。後來我才知道Ｊ．Ｄ．沙林傑也簽了同樣的合約，感覺相當光榮。

我最初刊登在《紐約客》雜誌的短篇小說是〈電視人〉（1990/9/10），之後二十五年間總共被採用、刊登了二十七篇作品。《紐約客》編輯部對於作品採用與否的判定非常嚴格，因此無論對方是多麼有名的作家、和編輯部多麼熟的作家，只要不合雜誌所設定的基準和喜好，就會很乾脆地退稿。連沙林傑的〈法蘭妮與卓依〉，都在全體一致的判斷之下予以退稿。（但在總編輯威廉．蕭的盡力挽留下最後終於刊登）。當然我的作品也被退稿過幾次。這方面跟日本的雜誌就相當不同。但能夠通過這麼嚴格的難關，經常被《紐約客》刊登作品，才能開拓美國的讀者，我的名字也漸漸被大家所知道。我想這效果很大。《紐約客》雜誌所擁有的崇高聲譽和強大影響力，是日本的雜誌所無法想像的。在美國如果提到在日本小說賣出一百萬本，或得到「某某獎」，也不過說一聲「哦」就過去了，但光是提到有幾篇作品曾經登在《紐約客》，人們的對應態度就會截然不同。我常常想，能有一本這種標竿性雜誌存在的文化，眞令人羨慕。

在工作上認識的幾個美國朋友曾經這樣忠告我「在美國當作家想要成功的話，就要跟美國的經紀人簽約，由美國的大出版社出書，否則很難。」當然不用說，我自己也感覺到，確實應該那樣。至少當時狀況是那樣。因此對KA的同事們不好意思，我決定自己走出去尋找經紀人和新的出版社。於是在紐約和幾個人面談後，決定經紀人找大經紀公司ICM（International Creative Management）的阿曼達・賓琪・厄本（Amanda "Binky"Urban），出版社則選擇蘭燈書屋旗下的Knopf公司，主管是桑尼・梅塔（Sonny Mehta），Knopf的責任編輯是葛瑞・費斯克瓊（Gary Fisketjon）。三個人都是文藝界最頂尖的人物。現在想起來，他們居然會對我感興趣眞是意外，不過當時我也很拚命，所以沒有餘裕去多想對方是多傑出的人。總之只是托朋友介紹的關係，跟很多人面談，心想「這個人」應該沒錯而選的。

試想起來，這三個人對我感興趣可能有三個原因。第一，我是瑞蒙・卡佛的翻譯者，是把他的作品介紹到日本的人。這三個人原來也就是瑞蒙・卡佛的版權經紀人、出版社代表、和責任編輯。我想這絕對不是巧合。或許是瑞蒙・卡佛在冥冥中爲我們牽線（當時離他過世才不過四、五年而已）。

第二，我的《挪威的森林》在日本售出將近兩百萬部（上下冊），在美國也成爲話題。兩百萬部，說起來在美國以文藝作品來說也是相當罕見的數字。因此我的名字某種程度在業界也爲人所知，換句話說，《挪威的森林》就像初次見面打招呼時替代用的名片一般。

第三，我在美國漸漸開始發表作品，也稍微成爲話題，身爲一個新來的作家，「未來性」被看好。尤其雜誌給我很高評價這件事，對我影響很大。繼威廉・蕭之後，該雜誌的總編輯——「傳說的編輯」羅勃・蓋特立普（Robert

Gottlieb），不知怎麼好像也很器重我，親自帶我參觀社內的各個角落，對我來說也成爲美好的回憶。直接負責我的編輯林達．雅瑟（Linda Usher）也是一位非常有魅力的女性，跟我不可思議地非常投合。她很久以前就從《紐約客》離職了，但我們至今仍親密來往。試想起來，我在美國市場的發展似乎都是《紐約客》幫忙培養起來的。

我認爲與這三位出版人（賓琪、梅塔、費斯克瓊）的結合，是使事情順利推動的主要原因。他們非常能幹、熱情洋溢，擁有廣大的人脈資源，對業界確實擁有影響力。其次Knopf出版公司內部的設計高手奇普．基德（Chip Kidd）從第一本《象的消失》到最新的《沒有色彩的多崎作和他的巡禮之年》，爲我設計所有的書，獲得相當大的好評。有人爲了期待看到他的封面設計，而等候我的新書。能遇到這樣的人才也是原因之一。

此外，我從一開始就決定採取不同方式進軍美國市場的決心可能也有幫助。我先把「日本作家」的這個事實，在技術上暫時擱置，要和美國作家站在同一個擂臺上。我自己找翻譯者，自己請他們翻譯，自己先檢查譯稿，再把英文譯稿帶去給經紀人，請她幫我賣給出版社。這樣一來，經紀人和出版社，都可以把我當作美國作家一樣看待。換句話說，不是把我當成用外語寫小說的外國作家，而是和美國作家同樣站在競技場上，以同樣規則競技的作家。一開始我就設定這樣的規則。

會決定這樣做，是因爲第一次見到賓琪時，她便清楚地告訴我「不能用英語讀的作品，我無法處理。」她要自己讀作品，自己判斷價値，才能開始工作。拿給她不會讀的作品，她無法工作。身爲經紀人，這是理所當然的事。因此我決定自己來爲自己認可的經紀人準備英語譯稿。

日本和歐洲的出版人經常會這樣說，「美國的出版社是商業主義者，只注意營業成績，卻不願意踏實地培養作家」。雖然還不至於到反美情緒的地步，不過經常可以感覺到類似對美國式經營模式的反感（或缺乏好感）。事實上，如果說美國出版業完全沒有這一面，那是謊言。我遇到好幾個美國作家抱怨說

「經紀人和出版社都一樣，在書好賣的時候猛獻殷勤，賣不好的時候就變冷淡」。可能確實也有這種地方。不過也並非僅有這一面。一旦面對喜歡的作品，或看上眼的作家，經紀人和出版社也會不顧眼前損益傾注全力支持，這樣的例子我也看過很多。在這裡，編輯個人特別的偏愛和熱情，也扮演重要角色。我想這在世界各地可能都大同小異。

依我看來，無論在任何國家，會在出版業就業，想當編輯的人，本來就喜歡書。美國也一樣，如果只是想賺很多錢，奢侈地花費的人，首先就不會到出版業來，這些人會到華爾街（金融業），或到麥迪遜街（廣告業）去，因為除了特殊例子之外，出版社所給的薪水都不會太高。因此在那裡工作的人，或多或少都有「我是為了喜歡書才會做這工作」的自負，有這樣的氣性。一旦喜歡作品，會不計損益地投入工作。

也因為我在美國東部（紐澤西和波士頓）住過一段時間，個人和賓琪、葛瑞、桑尼都相處過，也都熟了。彼此雖住在距離很遠的地方，但因為長久一起工作的關係，有時會碰面聊各種事情，也會一起吃吃飯。這種互動在任何國家都一樣。如果凡事全交給經紀人，和責任編輯幾乎不碰面，採取全部推給人家的姿勢的話，該推動的事也推不動了。如果作品具有壓倒性強大力量的話，固然沒關係，但老實說我並沒有那種自信，無論任何事，因爲「自己能做的，就盡量做做看」的個性使然，所以實際上也試著盡量做了。把在日本剛出道時所做過的事，在美國重新再做一次。四十幾歲了可以說再一次把自己重新設定成「新人狀態」。

我會開始想這樣積極地去開拓美國市場，是因爲過去在日本國內遇到各種不太有趣的事，我眞的感覺到「在日本再這樣磨下去也不是辦法」，這點影響也很大。當時是所謂「泡沫經濟時代」，要在日本以一個「寫文章的」身份活下去，並不太難。人口超過一億，這些人幾乎全都能讀日文。換句話說基本讀書人口相當多。加上日本經濟在全世界景氣得令人瞠目結舌，出版界自然也相當活躍。股價一路飆升，不動產價格節節高漲，世間到處金錢氾濫，因此新的雜誌陸續創刊，雜誌要招多少廣告都沒問題。寫作的人也不斷獲得邀稿。當時還有不少「肥美的工作」。也有「想去全世界哪裡都行，花多少經費都沒問題，去寫你喜歡的遊記吧」這樣的邀稿。還有不認識的人提出「最近我買了法國的一座城堡，你要不要去住一年，悠哉地寫小說？」這樣奢華的邀請。（兩邊我都禮貌地婉拒了）。現在想想眞是難以置信的年代。對小說家來說，就算該當成主食的小說本身賣不太好，光靠這些美味的「小菜」也足夠過日子了。

不過這一切對於面臨四十歲（也就是對作家來說，最重要時期）的我來說，不應該是欣然樂見的環境。有所謂「人心浮動」的形容，眞的沒錯。整個社會人心惶惶浮躁不安，動不動就談到錢。不是能夠安靜坐下來，花時間寫長篇小說的氛圍。如果待在這裡的話，或許不知不覺間就會被寵壞——這種心情逐漸增強。我想置身在比較緊張的環境，去開拓新的邊境。試一試自己新的可能性。我開始這樣想。因此在八〇年代後半毅然離開日本，以外國爲中心開始生活。那是在《世界末日與冷酷異境》出版之後的事。

另外一點，我在日本國內感受到對於我的作品和我個人，相當強大的「逆風」也有關係。我基本上是這樣想的，「有缺陷的人寫有缺陷的小說，所以你們要怎麼說，也沒辦法」，實際上也盡量不介意地生活過來了，但當時畢竟還年輕，耳朵聽到那樣的批評，也常常感覺「這種說法未免太不公正了」。曾經連私領域都被入侵，包含家人在內，把不是事實的事當事實來寫，做人身攻擊。爲什麼非要被人家這樣說不可？（與其不愉快不如說）覺得眞不可思議。

現在回頭看這件事，覺得或許是同時代日本文學的相關人士（作家、評論家、編輯等）所感受到的挫折、不滿，在藉機發洩似的。這是「藝文業界」內，對於所謂主流派純文學的急速失去存在感和影響力，所感到的不滿和鬱悶。換句話說，當時已經在逐漸進行著典範轉移（paradigm shift）。但以業界相關人士來看，這種逐漸改變的文化狀況可能令人嘆息，也難以忍受。而且他們很多人把我所寫的東西，或我這個存在本身，當成「損害、破壞本來該有的狀況元兇之一」，像白血球要攻擊病毒那樣加以排除——有這種感覺。不過我自己也想「如果會這樣被我損害的話，那是被損害的一方有問題吧」。

也常被說類似「村上春樹所寫的東西，反正是外國文學的翻版，那種東西頂多只能在日本國內通用」的說法。我一點也不認爲自己所寫的東西是「外國文學的翻版」，反而認爲自己是在積極摸索、追尋日本語這工具的新的可能性，「既然如此，我的作品到底在外國能不能通用，就來試試看吧」老實說不是沒有這種挑戰的念頭。我絕對不是性格不服輸的人，不過對於無法認同的事情有想要試著確認看看直到認同爲止的地方。

如果能以外國爲中心從事活動的話，或許這種和日本國內麻煩的藝文界牽扯的必要性也可以稍微減少。不管被怎麼說，都可以當耳邊風聽過去就算了。對我來說這種可能性，也成爲想「到海外去努力看看」的主要原因之一。試想看看，在日本國內被批評的打擊，成爲進出海外的契機，因此或許被貶反倒幸運也說不定。在任何世界都一樣，沒有比被「褒獎殺害」更可怕的事了。

在外國出書令我最高興的事，是聽到很多人（讀者和評論家）說「村上的作品總之是創新的。跟其他作家寫的任何小說都不一樣」。無論作品本身受到好評與否，「這個人和其他作家風格完全不同」這種意見基本上占大多數。因為和在日本所受到的評價相當不同，所以我眞的很高興。總之若評價是創新的，擁有自我風格等，對我來說，是最大的讚美。

但等到我的作品在海外開始暢銷後，或者說日本國內開始知道暢銷時，這次卻開始說「村上春樹的書在海外好賣，是因為用容易翻譯的語言，用外國人也容易了解的話寫的關係」。我覺得「這麼說，不是和以前說的話正相反嗎？」感到有點驚訝，不過這也沒辦法。只能想成世間總有一部分人會見風轉舵，毫無確實根據就隨意發言。

大體上小說這種東西，畢竟是從身體內部自然湧上來的東西，不是可以那麼戰略性地輕易改變眼前狀況。也不能先做市場調查，研究看看結果如何再有意圖地改寫內容。就算能，那種從淺顯處生出的作品，也無法擄獲多數讀者。就算一時能擄獲，那種作品和作家也無法持久，應該不久就會被遺忘。林肯曾經留下這樣的名言。「可以短期間欺騙多數人，也可以長期間欺騙少數人。但無法長期間欺騙多數人。」我想這個說法對於小說同樣適用。這個世界有很多要靠時間證明的事，和只有時間才能證明的事。

話說回來。

由大出版社 Knopf 公司出版的單行本，由旗下公司 Vintage 發行平裝版，隨著時間經過，一本一本日漸充實之後，我的書在美國國內的銷售量也逐漸確實地增加。只要新書一出版，就會登上波士頓和舊金山都市報紙的暢銷排行榜。我的書出版後，買來讀的讀者階層——和在日本的情況大致相同——也在美國形成了。

然後過了二〇〇〇年，以作品來說，是從《海邊的卡夫卡》（在美國是二〇〇五年出版）前後開始，我的新書終於登上《紐約時報》的全美暢銷排行榜，雖然是從榜尾看起，但總是露臉了。也就是說不僅在東海岸、西海岸等自由傾向強的大都市地區，連內陸部分也包含在內，我的小說風格已經被全國接受了。《1Q84》（二〇一一）登上暢銷排行榜（小說類．精裝本）的第二名，《沒有色彩的多崎作和他的巡禮之年》（二〇一四）登上第一名。不過確實也經過了相當長的歲月才來到這裡。並非華麗地一炮而紅。而是感覺一本一本作品腳踏實地默默累積下來，才終於能穩固立足點。而且隨著這個，平裝本的舊作似乎也開始活潑地動起來。創造出可喜的趨勢。

相較於美國國內，我的小說在歐洲剛起步時的發行數量，增加得蠻快。把海外出版的軸心放在紐約，似乎帶動了歐洲的銷售。這方面的發展出乎我的預料之外。老實說，我沒想到紐約這個軸心居然擁有這麼大的意義。對我來說，我只想到自己「可以讀英語」這個理由，還有碰巧住在美國這個理由，因此暫且把主場據點設定在美國而已。

在亞洲以外的國家，首先點燃起來的是俄國和東歐，然後才漸漸西進，往西歐移動，有這樣的印象。那是一九九〇年代中期的事。實在令人吃驚的是，據說俄國的暢銷排行榜的前十名曾經一半左右被我的書所佔據。

這純粹是我個人的印象，如果要我提出確實的證據、根據，就傷腦筋了，試著從歷史年表來對照回顧看看，該國的社會基礎產生某種巨大動搖（或變革）之後，我的書在那裡會開始被廣泛閱讀，我覺得似乎看得見這種世界性傾向。在俄國和東歐地區我的書急速開始銷售，是在共產主義體制崩潰這巨大的地盤變化之後。過去看來屹立不搖的共產黨獨裁體制，忽然輕易地崩潰了，隨後混雜著希望和不安的「柔軟的混沌」嘩啦嘩啦地湧上來。我想或許因為在那樣的價值觀轉換的狀況下，我想我所提供的故事，或許因為帶有像新的自然現實般的意味吧。

此外分隔東西柏林的圍牆戲劇性地倒塌，德國成為統一的國家之後不久，我的小說似乎也在德國漸漸開始被閱讀。這種現象當然可能只是偶然的一致而已。不過我想，社會基礎和結構的巨大變化，會對人們日常生活所擁有的現實的模樣，帶來強大的影響，人們追求改變，是理所當然的事，也是自然的現象。現實社會的現實和故事的現實，在人的精神中（或無意識中）根柢難以避免是相通的。無論在任何時代，當發生巨大事件，社會的現實產生巨大變換時，也會要求故事的現實要跟著變換，就像要求證實一樣。

故事這東西本來就是以現實的隱喩存在的東西，人們爲了追上周圍變動的現實社會的系統，或爲了不落伍，自己會在內心放進該放的新故事＝新的隱喩系統。藉著這兩種系統（現實社會的系統和隱喩的系統）的巧妙連結，換句話說讓主觀世界和客觀世界互相交流，互相調節適應，人們好不容易才能接受不確定的現實，才能保持正常平衡。我的小說所提供的故事現實，是否正好扮演這種調節的齒輪，碰巧在全球巧妙地發揮作用了——不是沒有一點這種感覺。當然，好像重複說了，這只不過是我個人的感覺。但我想應該不完全是離譜的意見。

這樣想來，像這種總體性的地滑（landslide），相較於歐美社會，日本社會似乎在更早的階段，已經以自然而然地明白，且被柔性地察知了。因爲我的小說比歐美更早，就在日本——至少被日本的一般讀者——積極地接受了。關於這方面，或許可以說在中國、韓國和台灣這些東亞鄰國也一樣。除了日本之外，在中國、韓國和台灣的讀者們也從相當早的階段（在美國和歐洲接受之前），就開始積極接受、閱讀我的作品了。

這些東亞國家比歐美更早，人們之間社會性的地滑或許已經開始具有眞實意味了。而且不是像歐美那樣有所謂「發生某種事件」的急遽社會性變動，而是花更長時間的柔性地滑。換句話說在經濟上達成急速成長的亞洲地區，社會性地滑或許不是突發事件，單就將近四分之一世紀來說，反而是恆常性的持續狀況。

這樣簡單斷言或許有點過分，其中應該還有許多其他因素。但亞洲各國讀者對我的小說的反應，和歐美各國讀者的反應之間，確實也可以看出不少相異之處。而且我想大部分可以歸於對「地滑」的認識和對應性的差異。更進一步來說，在日本和東亞，理應走在後現代之前的「現代」，在正確的意義上，或許並不存在。也就是說主觀世界和客觀世界的分離，或許不像歐美社會在理論上那麼明確。不過說到這裡話題就太廣了，因此這議題我想另找機會再說。

此外，能在歐美各國突破的主要原因之一，我想能遇到幾位優秀的翻譯者關係也很大。首先在八〇年代中期，一位叫做奧夫瑞．奔鮑的害羞美國青年來找我，說喜歡我的作品，選了幾篇短篇正在翻譯，不知道可以嗎？我說「可以呀。務必請翻。」於是翻譯稿漸漸累積多了，花了相當長的時間，幾年後成爲打進《紐約客》的契機。《尋羊冒險記》和《舞．舞．舞》也是由奧夫瑞．奔鮑爲「講談社國際」翻譯的。奧夫瑞非常能幹，是一位充滿意願的翻譯者。如果他沒有去找我提起這件事的話，當時我可能還不會想到要把自己的作品翻譯成英語。因爲自己認爲還沒達到那樣的水準。

後來，受普林斯頓大學邀請到美國去住時，遇到傑．魯賓（Jay Rubin）。他當時是華盛頓州立大學的教授，後來轉到哈佛大學。是一位非常優秀的日本文學研究者，以翻譯了幾部夏目漱石的作品而聞名，他也對我的作品很感興趣，說「如果可能我想翻譯看看。有機會請招呼一聲」。我說「可以請你先翻幾篇喜歡的短篇嗎？」他選了幾篇作品翻譯，譯得非常好。我覺得最有趣的是，他和奧夫瑞所選的作品完全不同。兩個人不可思議地沒有重疊。當時我深深感覺到擁有不只一個翻譯者實在很重要。

傑．魯賓以翻譯者來說是極有實力的人，我想由於他幫我翻譯最新的長篇小說《發條鳥年代記》，使我在美國的地位變得相當穩固。簡單說，奧夫瑞．奔鮑的翻譯比較自由奔放，傑．魯賓的翻譯比較堅實。分別擁有各自不同的味道，不過那時候奧夫瑞自己的工作忙起來，沒辦法抽出時間翻譯長篇小說，因此對我來說眞是慶幸傑．魯賓的適時出現。而且我想，像《發條鳥年代記》這樣結構比較細密（比起我初期的作品）的小說，像傑這樣能從頭正確地逐語翻譯的譯者，還是比較適合。還有我喜歡他的翻譯的另一個理由是，帶有不做作而自然流露的幽默感。絕對不只是正確、堅實而已。

然後還有菲利浦．葛布瑞爾（Philip Gabriel）、泰德．顧森（Ted Goossen）。他們都是高明的翻譯者。同樣也對我寫的小說感興趣。我和這兩位也是從年輕時候就開始有往來了。他們都是從最初就提出「我想翻譯您的作品」或「已經試著翻譯了」而來主動和我接洽的。對我來說，是非常值得感謝的事。因爲遇到他們，取得個人的聯繫方式，讓我感覺得到了難得的夥伴。我因爲自己也是翻譯者（英語→日本語），所以對翻譯者所嚐到的辛苦和喜悅，像親身經歷般可以理解。因此我盡量和他們保持密切的聯繫，如果翻譯上有疑問也很樂於回答。並留意在條件上也盡量給予方便。

試做起來就會知道，其實翻譯眞的是非常辛苦而麻煩的工作。不過那不能只對一方是辛苦而麻煩的作業，必須要是互相有 give and take 的部分才行。對打算前往海外的作家來說，翻譯者是最重要的夥伴。找到跟自己氣味相投的翻譯者是很重要的事。就算是擁有優越能力的翻譯者，如果對文本和作者心情不合的話，或不習慣那種味道的話，也無法產生好的結果。只有彼此增加精神負擔而已。而且首先如果對文本沒有愛的話，翻譯只會變成麻煩的「工作」而已。

另外一件事，可能不需要我提，在國外，尤其是在歐美，所謂個人是擁有非常大的意義的。無論任何事情，如果你輕易交給誰就說「那麼，其他的事也拜託你了」，事情可能不會那麼順利。必須在每一個階段，自己負責，下決定才行。這是非常麻煩費事的，也需要有某種程度的學養和語言能力。當然經紀人會幫你做，但他們工作也很忙，老實說對於一個無名作家，不太會有利益的作家，也不可能照顧得很周到。因此自己的事某種程度還是要靠自己。我在日本雖然還小有名氣，但在外國市場剛起步時，自然是個無名的存在。除了業界的人和一部份讀書人之外，一般美國人並不知道我的名字，也無法正確發音。常被唸成「Myurakami」。不過這樣反而挑起我的鬥志。在這尚未開拓的市場，從一張白紙開始能做到多少事情？總之非親自闖闖看不可。

就像剛才也報告過的那樣，如果留在景氣沸騰的日本，以寫出《挪威的森林》暢銷作品的作家（由自己來說有點不妥），工作的邀稿接連不斷，只要想的話也不難得到高收入。不過以我來說，卻想離開那樣的環境，讓自己以一介（幾乎）無名的新人作家，在日本以外的市場試看看到底能達到多少？那對我來說成爲個人性的命題和目標。現在想想，能舉起那樣的目標，也就是旗幟，對我來說應該是一件好事。經常可以繼續懷著向新境界挑戰的鬥志——畢竟對於從事創作的人來說，是很重要的事。如果只安靜定在一個位置，一個場所（比喻意義上的場所）的話，創作欲望的鮮度會降低、衰退，最終消失。或許我正好在適當時機掌握住良好的目標和健全的野心也未可知。

我的性格上，不擅長走到人前去做什麼事，不過在外國卻能適度接受採訪，獲得某個獎項時也會出席典禮、發表談話。某種程度也會接受邀請參加朗讀會和演講之類的。雖然次數不多——我在海外好像也有「不太出現在人前的作家」的固定評語——我也適度努力，盡量突破自己的框框限制，試著向外露臉。雖然不太有會話能力，但也努力盡量不找口譯，而以自己的語言表達自己的意見。但在日本，除了特殊場合之外，首先就不會做這些事。因此也被責難「只在外國特別優待」「雙重標準」。

不過這不是在找藉口，我在海外會盡量努力出現在人前，是因爲我也擁有「身爲日本作家的職責」，某種程度不得不主動接受的自覺。就像前面提到的那樣，在泡沫經濟時代住在海外生活時，有時也常因爲日本人「沒有臉」這件事而感到落寞，覺得不是滋味。這種事情遇多了，自然會想爲了生活在海外的許多日本人，也爲了自己，不得不盡量改變這種狀況。我雖然不是特別愛國的人（覺得反倒是世界主義的傾向比較強），但住在外國時，不管喜不喜歡，依然不得不意識到自己是「日本作家」這件事。周圍的人會以這種眼光來看我，我也會開始以這種眼光來看自己。而且在不知不覺之間產生了所謂「同胞」意識。想起來眞是不可思議。自己想從所謂日本這塊土壤，這個堅固的框框逃出來，當一個所謂「國外流放者」來到外國，結果，卻不得不回到和原來土壤的關係性上。

請不要誤解，並不是指回到土壤本身。只是回到和那土壤的「關係性」上。這中間有很大的差異。有時會看到在外國生活回到日本的人，或許是一種反彈吧，變得非常愛國（有時是很狹隘的民族主義），但我的情況不是這樣。我只是開始更深入思考自己身爲日本作家這件事的意義，和那身分的歸屬所在而已。

我的作品現在被翻譯成超過五十種語言。這是相當大的成就，也爲此感到自負。因爲這等於是說，作品在各種文化的各種座標軸上獲得肯定的意思。我身爲一個作家爲此感到高興也感到自豪。但我並不認爲「所以我一直以來所做的事情都是對的」也不打算這樣說。那個是那個，這個是這個。因爲我想我到現在依然是一個發展中的作家，對我來說，還留有發展餘地，還留有（近乎）無限的「伸縮」餘地。

那麼，你覺得餘地在哪裡呢？

我想那塊餘地在我自己的心中。首先我在日本確立了身為作家的立足點，然後我把眼光轉向海外，拓展了讀者群。今後，我會想要下降到自己的內部去，在那裡往更深更遠的地方探尋下去。那對我來說，是新的未知的大地，可能會成為最後的邊境。

至於那邊境是否能順利有效地開拓，我也不知道。但似乎重複了，能夠舉起某種旗幟為目標而努力，也是一件美好的事情。不管到幾歲，不管在哪裡。

第十二回

有故事的地方・回憶河合隼雄先生

我從來沒有稱呼過誰爲「★★先生」，但我只有對河合隼雄さん，經常都稱爲「河合先生」。而不太會說「河合さん」。爲什麼呢？我常常覺得不可思議。到現在我還是會很自然地稱呼「河合先生」。

我想，在我的印象中，河合先生把「河合隼雄」這個活生生的人，和擁有「河合先生」這個社會性角色的人物，非常巧妙地分離，並分開使用。我見過好幾次河合先生，也親近地談過話，雖然如此，對我來說河合隼雄さん無論如何依然還是「河合先生」，到最後那態勢依然絲毫沒有動搖。一旦回到家，也許就把什麼角色都脫掉，變成只不過是河合隼雄這個到處可見的一個普通叔叔也不一定，那我就不知道了。

只是我和河合先生見面時，就算私底下多麼親近，還是不會把「小說家」和「心理治療師」這身各自的戲服脫下——有這種感覺。我想這並不是見外，而是以我們的立場，彼此只能各自繼續扮演社會性角色吧。其中某種意義上，經常帶有類似職業性的緊張感。不過說起來也算是清清爽爽的緊張感，有內涵的緊張感。

因此在這裡，讓我也維持那樣舒服的緊張感，繼續稱呼河合隼雄さん爲「河合先生」。雖然我對普通叔叔的河合さん的模樣也很感興趣，但這就暫且不提。

我和河合先生第一次見面，已經是距離現在超過二十年前的事了。當時河合先生在普林斯頓大學擔任客座研究員。我則直到前一學期還在普林斯頓大學，正好前後錯開，我走後河合先生來。在那個時間點我轉到波士頓近郊的塔夫斯大學（Tufts University），在那裡開日本文學的課。

我在普林斯頓住了兩年半，因此也交了許多親近的朋友，有時也會開車去普林斯頓，在那裡剛好有機會和河合先生見面。只是很抱歉，我當時還不太知道河合先生是什麼樣的人。以前我對心理治療和精神分析這些事情幾乎沒興趣，也從來沒讀過一本河合先生的書。雖然內人是河合先生的粉絲，好像滿熱心地讀著先生所寫的書，但我們夫婦的書架清清楚楚分爲兩邊，就像從前的東西柏林那樣完全不相往來。因此我當時完全不知道她在讀河合先生的書。

不過因爲她極力說服我說「也沒有必要特地讀書，不過這個人你最好見一面。一定會有好結果」，於是我也想「好吧」就見了面。

我想她會對我說「沒有必要特地讀書」，大概是因爲想到小說家／創作者也許盡量不要讀分析類的書比較好。基本上我也贊成這種意見。因此，我只在這裡說，我到現在爲止幾乎沒有讀過河合先生的書。我讀過的，只有先生所寫的榮格的評傳一本而已。順便一提，我也還沒有好好讀過一本卡爾・榮格的著作。

我想，小說家這個角色的任務只有一個，就是盡量爲大衆提供優秀的文本（text）。所謂文本，是一個「總體」，以英語來說，是 whole。也就是說黑盒子。那角色終究是自整個文本來產生機能的。文本的角色，是要被不同的讀者咀嚼的。讀者有權利隨自己喜歡去怎麼扒開、咀嚼。如果在交到讀者手中以前，就先由作者扒開、咀嚼的話，就會大幅損傷文本的意義和有效性。因此我想我大概也刻意遠離榮格，以及河合先生的著作。也許因爲覺得某種意義上有感覺性「太接近」的地方，因此才一直疏遠吧。因爲對小說家來說，沒有比自己開始分析自己更不適宜的事。

那麼，總之在普林斯頓大學，我第一次見到河合先生。兩個人談了三十分鐘左右，初次見面的印象是「感覺起來相當沉默而陰暗的人」。我最驚訝的是，那對眼睛。該說是眼睛發直，或有點沉滯。看不見深處。這說法也許不恰當，但我感覺不是尋常人的眼睛。一對沉重的、有深度的眼睛。

因爲我是小說家，觀察人是工作。我會仔細觀察，先整個快速看過，但不判斷。判斷保留到眞正有必要時才做。因此這時候，我也沒特別對河合先生這個人做任何判斷。只把那對不可思議的眼睛的模樣，當成一個資訊留在記憶中而已。

而且那時候，河合先生幾乎沒有主動發言。只是一直安靜地聽我說話，並適度應答，一邊在眼睛深處思考著什麼似的。一般而言我也不是很積極說話的人，因此與其說是會話，整體上感覺好像沉默的時刻還比較多，不過他對這種事也不太在意的樣子。總之是有點奇怪的面談，或會面。這件事我記得很清楚。我特別記得的是，那不可思議的眼光。有點難忘。

不過第二天，第二次見面時，一切完全改觀。河合先生整個完全變了，既快活又高興，不斷說笑話，臉上表情也變得非常開朗。那對眼睛，簡直像小孩的眼睛般清澈見底。一個晚上人竟然能改變這麼多，讓我非常驚訝。因此我也明白了，「啊，原來昨天他是故意把自己放在被動的態勢」。可能是想抹殺自己，或讓自己接近於無，以便對方的「模樣」可以盡量自然，也就是能以文本，原原本本吸進去。

我能了解那一點，是因為我自己也常常會那樣做。盡量讓自己的動靜壓低，以便能接收到對方原原本本存在的模樣。尤其在採訪時。那樣的時候，徹底集中精神傾聽對方所說的話，消除自己意識流動之類的東西。如果不能做到這樣的切換，便無法眞正認眞聽進別人的話。我在那幾年後在寫《地下鐵事件》那本有關沙林毒氣事件的書時，歷經一年時間繼續在做這樣的工作，那時重新體驗到「啊，這和那時候河合先生所做的事情一樣」。在這層意義上，河合先生的工作和我們正在做的工作，或許有若干相似的部分。

因此第二次見面時，河合先生就積極地回應我所說的事，也確實回答我的問題。談話非常有趣。我想河合先生這邊可能從「接收」模式，轉換到「交換」模式了。然後我們就非常平常而自由地交談各種事情。或許那表示我算是已經達到河合先生的「基準」了吧（好像很厚臉皮）。我如此解讀。從此以後河合先生有時會跟我聯絡，邀我「怎麼樣，要不要吃個飯？」兩人便到一些地方親切地談話。每次都是和藹可親的愉快對話，當然也學到很多東西。只是幾乎不記得談過什麼事，或具體的內容。如果記錄下來就好了，但因爲是一邊喝酒一邊愉快地談，所以邊談著邊接著就忘光了。沒辦法。我現在還記得很清楚的，全都是先生口中經常在說的一些無聊笑話。例如這種事。

「我在擔任『廿一世紀日本的構想』座談會主席時，那是小淵總理的時代，有一次我出席內閣會議。當時不知道有什麼事，小淵先生遲到了一點。於是其他內閣幕僚全體到齊了在會議室等著時，對不起我遲到了，對不起，一邊很客氣地道歉著一邊進來。不過，總理大臣眞是偉大啊。我好佩服，他是用英語一邊道歉一邊進來的喔。他說 I am sorry，I am sorry 喲。」

說到河合先生的笑話，說起來失敬，不過老實說，特徵是眞無聊。換句話說「不好聽是老爸的幽默」。不過我想，本來就是不得不無聊的。不這樣就沒有意義了。我想對河合先生來說，可能就像所謂「驅魔」般的東西。河合先生身爲臨床家要面對諮商者，很多情況，必須和那個人一起下降到靈魂的黑暗深處去。那往往是伴隨著危險的作業。說不定會找不到回來的路，就那樣一直沉迷在黑暗的場所也不一定。工作上每天繼續做著這種費力的作業。在那樣的場所，爲了要揮去線頭般緊緊糾纏的負面跡象、惡劣跡象，不得不在嘴巴上嘀咕著無聊的、無意義的笑話。我每次聽著先生這種鬆散的笑話時，就會有這種感觸。或許有點太善意了。

順便一提，我的「驅魔」方式是跑步。前前後後繼續跑了三十年左右了，因爲每天出去外面跑步，我覺得好像在抖落著寫小說時會糾纏上來的「負面跡象」。我悄悄在想，比起鬆散的玩笑話這不會讓旁邊的人感到無力，或許害處比較少吧。

我們見面談話，剛才也說過，幾乎不記得談過什麼，不過老實說，其實我想可能眞的都是無關痛癢的事。因爲我覺得當時最重要的，與其說是談話內容，不如我們在那裡共有過什麼，這種「物理性的眞實感」更重要。我們共有了什麼嗎？以一句話來說，我想可能是故事這個概念。所謂故事這東西，也就是在人的靈魂深處存在的東西。人的靈魂深層底部該有的東西。因爲那是在靈魂最深的地方，因此是人與人的根部互相聯繫的東西。我因爲寫小說，平常會下降到那個場所去。河合先生身爲臨床心理學家必須面對諮商者，也會下降到那個場所。或者不得不下降。河合先生和我可能「臨床性地」互相理解——我這樣覺得。雖然言語上沒有說出來，但彼此互相了解。就像憑氣味互相知道那樣。當然這可能是我單方面自以爲是。但我到現在還能清楚感覺到，應該有接近那樣的某種共鳴。

我能有這種共鳴的對象，過去除了河合先生之外，一個人都沒有過，老實說現在也一個人都沒有。「故事」這用語近年來開始經常被提起。但我提到「故事」這個用語時，能把故事就「那樣」地以正確的形式——我所想的「那樣」的形式——物理性地總合性地接收到的人，除了河合先生之外沒有別人。而且重要的是，投出去的球，對方能用雙手確實地接到，每個細節都理解到的感觸，不用說明、不必講理，這邊都能清清楚楚接收到反應。這種手感，對我來說是比什麼都高興，都受到鼓勵的事。可以確實感覺到，自己所做的事絕對沒錯。

我這樣說或許會有一點問題，不過直到目前為止，我不曾在文學領域上，獲得過足以媲美這種手感的鼓勵。對我來說是有一點遺憾的事，也是不可思議的事，當然也是悲哀的事。不過從這裡，也能看出河合先生是一位超越專門領域，卓越而大器的人。

最後，我在這裡祈禱河合先生的冥福。眞的如果能長壽一點，能多活一天也好。

後記

本書所收錄的一系列原稿是從什麼時候開始寫的，雖然已經記不清楚了，但我想大約是五、六年前的事。關於自己寫小說的事、關於以小說家這樣繼續寫小說的狀況，從很久以前就想收集整理起來寫一些東西，在工作告一段落之間找到一點空暇，就依不同主題，一點一點片段地寫下這些文章，逐漸累積起來。換句話說這些並不是應出版社的委託所寫的文章，而是從一開始就自動自發，也就是爲自己而開始寫的文章。

最初幾章是以通常的文體——例如像現在這樣寫著般的文體——但試著重讀所寫的東西時，文章的行文有幾分生硬，或尖銳，讀起來不太舒服。因此試著以在人前說話般的文體來寫時，才能有比較流暢而且坦率地寫（說）的感觸，於是，決定試著以寫演講稿的心情來統一整體的文章。假定在比較小的廳，大約三十人到四十人坐在我前面，對那些人盡量以親密的語調述說，在這樣的設定下重新改寫。雖然實際上，這些演講稿並沒有在人前發出聲音朗讀的機會（只有最後一篇關於河合隼雄先生的文章，是實際在京都大學的講堂，面對一千人左右的聽衆說的）。

爲什麼沒有演講呢？首先第一點，像這樣從正面堂堂地述說關於自己，和關於自己寫小說這個工作，有點不好意思。我對自己所寫的小說，不太想說明，這種感覺相當強烈。一談到自己的作品，最後往往難免會找藉口，也許是自豪，也許爲自己辯護。就算沒打算那麼做，結果還是會有「看起來」像要那樣做的地方。

不過，總有一天有向世間述說的機會吧，只是時間可能還稍微提早了一點。年齡再增加一些之後比較好吧。這樣想，就一直放在抽屜裡。然後有時拿出來，在一些地方細細改寫。圍繞著我的狀況——個人的狀況、社會的狀況——也稍微在繼續改變，我的想法和感覺方式配合那個也在改變。在這層意義上，現在在這裡的原稿，和最初所寫的原稿，氣氛和調子可能相當不同了。不過那個歸那個，我的基本姿態和想法幾乎完全沒變。試想起來，我甚至覺得從出道當時到現在，幾乎只在反覆述說著同樣的事情似的。讀到三十年以上之前的自己的發言，自己都感到很驚訝「怎麼和現在說的話完全一樣嘛」。

因此在本書中，過去我以各種形式所寫的、所說的事（就算形影各有一點改變）我想會有重複述說的情況。可能有很多讀者會想「咦，在前面什麼地方讀過啊」，這點還請見諒。像這樣，這次這些「沒有被講的演講錄」會以文章的形式推出，也因爲想把過去在各處陳述過的事，有系統地收在一個地方。關於寫小說這件事，但願您能當成我的見解的（現在的）集大成般的東西來讀。

本書的前半部，曾經在《Monkey》雜誌上連載過。碰巧柴田元幸先生要發起《Monkey》這本新雜誌（新感覺的個人文藝雜誌），問我「能不能幫我寫點什麼？」於是我說「好啊」，交了一篇短篇小說（因爲正好有剛寫好的作品），忽然想起就順便問「對了，我手頭也有類似私人演講稿般的東西，如果有篇幅可以讓我連載嗎？」

就這樣最初的六篇，在《Monkey》雜誌每月號刊載出來。因爲是把躺在書桌裡睡覺的東西每個月交出去而已，所以眞是格外輕鬆的工作。章數全部有十一章，前半部的六章是在雜誌上刊登過的，後半部收錄的五章則是從未發表過的。最後加上關於河合隼雄先生的演講稿，成爲全部十二章的結構。

本書結果可能會被當成「自傳性隨筆」處理，但本來並不是有意這樣寫的。我只是想，自己身爲小說家走過什麼樣的路，以什麼樣的想法走到現在，盡量具象地、實際地記錄下來而已。話雖這麼說，但繼續寫小說這種事，也不外就是繼續自我表現的事，因此要開始述說關於寫小說這個工作的話，也不能不說到自己。

老實說，這本書能不能成爲有志當小說家的人的導引、指南，我也不太知道。因爲我實在是一個想法太個人化的人，我的寫作方法和生活方式到底有多少一般性、泛用性，自己也無法確切掌握。和小說家同業之間幾乎沒有交往，因此也不太知道其他作家是採取什麼樣的寫法，所以也無法比較。我只是不這樣寫就不會寫，總之就這樣寫而已。絕對沒有主張那就是寫小說最正確的做法。我的方法之中可能有可以一般化的東西，也有恐怕難以一般化的東西。當然，有一百位作家，就有一百種小說的寫法。我想這方面，就請各位各自看情形，適度地做吧。

只是有一件事我想請您理解，就是我基本上是一個「極普通的人」。我想可能本身確實有些類似寫小說的資質般的東西（因爲如果完全沒有，也不可能這麼長久繼續寫小說）。但除此之外，自己說也有點那個，我是個到處都有的普通人。走在街上既不顯眼，到餐廳大體上都被帶到很糟糕的位子。如果沒有寫小說的話，可能也不會被誰特別注目。應該是非常普通地，過著非常普通的人生。在日常生活中的我，幾乎沒有意識到自己是作家這個事實。

不過碰巧擁有一點點可以寫小說的資質，也蒙受到稱得上是幸運的際遇，此外也得到幾分頑固（說得好聽是一貫）性格的幫助，三十五年多來才能像這樣以職業小說家的資格繼續寫小說。這事實直到現在還令我自己感到驚訝。非常、深深驚訝。我在這本書中想說的，總之是關於那份驚訝，也是關於想把那份驚訝盡量保持純粹原樣的強烈想法（或許不妨稱爲意志）。三十五年間的人生，或許終究只是爲了繼續保持那份驚訝的殷切營爲。有這種感覺。

最後我想聲明，我並不是擅長純粹只用頭腦思考事情的人。不太適合邏輯性的理論，和抽象性思考。只能靠寫文章，才能理出順序、思考事情。物理性地動手寫文章，重讀好幾次又好幾次，靠著仔細改寫，才好不容易能把自己腦子裡的東西和一般人一樣地整理、掌握出來。因此我感覺花了漫長的歲月，憑著陸續寫下收在本書的這些文章，並憑著幾次動手修改，好像可以對身爲小說家的自己，和對自己是小說家的這件事，重新有系統地思考，並適度俯瞰。

如此某種意義上很隨興的個人性文章——要說是訊息或許不如說是私人思維的歷程般的東西——我自己也不太知道，對各位讀者能有多少幫助。如果在現實上能有什麼幫助，就算微不足道，我也非常高興。

二〇一五年六月

村上春樹

本書第一回至第六回在「MONKEY」雜誌連載vol.1～vol.6（Switch Publishing刊），第十二回刊登於「考える人」（思考的人）二〇一三年夏號（新潮社刊）。其他全部寫完後初次發表。

藍小說 966

身為職業小說家

作者—村上春樹
譯者—賴明珠
主編—嘉世強
美術編輯—陳文德
責任企劃—張燕宜、石瑷寧
董事長
總經理—趙政岷
總編輯—余宜芳
出版者—時報文化出版企業股份有限公司
10803台北市和平西路三段二四〇號四樓
發行專線—(〇二)二三〇六—六八四二
讀者服務專線—〇八〇〇—二三一—七〇五
(〇二)二三〇四—七一〇三
讀者服務傳真—(〇二)二三〇四—六八五八
郵撥—一九三四四七二四時報文化出版公司
信箱—台北郵政七九～九九信箱
時報悅讀網—http://www.readingtimes.com.tw
電子郵件信箱—liter@readingtimes.com.tw
法律顧問—理律法律事務所 陳長文律師、李念祖律師
印刷—勁達印刷有限公司
初版一刷—二〇一六年一月二十二日
平裝本定價—新台幣三八〇元
精裝本定價—新台幣四五〇元
⊙行政院新聞局局版北市業字第八〇號

國家圖書館出版品預行編目(CIP)資料

身為職業小說家 / 村上春樹著 ; 賴明珠譯. -- 初版. -- 臺北市 : 時報文化, 2016.01
面 ;　公分. -- (藍小說 ; 966)

ISBN 978-957-13-6509-1(平裝). --
ISBN 978-957-13-6510-7(精裝)

861.67　　104028088

ISBN 978-957-13-6509-1 (平裝)
ISBN 978-957-13-6510-7 (精裝)

Printed in Taiwan